DOVE NON MI HAI PORTATA

露西娅逃离的
29个春天

我的母亲，一则新闻案件

[意] 玛丽亚·格拉齐亚·卡兰德罗内 —— 著

刘凯琳 —— 译

江苏凤凰文艺出版社
JIANGSU PHOENIX LITERATURE AND ART PUBLISHING

Maria Grazia
Calandrone

本书内容来源于作者收集的真实材料。

书中有部分段落的开头排版与寻常文学作品不同，皆是作者有意安排。

我将看到的关于你的一切,
都还给亲爱的你。*

* 题记中的诗句摘自玛丽亚·格拉齐亚·卡兰德罗内《欣悦的花园》，2019，蒙达多里出版社，米兰。——作者注

CONTENTS
目　录

/001
一手材料

/029
托尼诺

/041
路易吉

/075
朱塞佩

/115
米　兰

/165
罗　马

/217
爱的时间线

/271
致　谢

一手材料

LA MATERIA PRIMA

她叫露西娅

关于我的母亲，我只有两张黑白照片。

除此之外，当然还有我自己的生命，以及一些记忆。不过，我不确定这些记忆是否是暗示或幻想。

我之所以写作这本书，是为了让母亲的形象变得真实。

我之所以写作这本书，是为了从大地中攫取母亲的气息。我试图探索出一套完整的方法，一个感情与思想组成的精密体系，令那些找不到来处的人有能力为冰冷的躯壳重新注入灵魂，使之像夏日的大地一样温暖，让时光连贯起来。

就从我所拥有的那两张她的照片开始吧。按照它们在我生命中出现的先后次序，第一张照片——

是在她的婚礼上拍摄的，那一天是1959年1月17日，星期六。彼时的露西娅二十二岁，穿着洁白的礼服，脸上没有笑容。

某一天，我盯着这张照片，直到图像消失，背后的现实浮现在眼前——我将其称为诗意的幻象。我在某张剪报上记下四句话："她叫露西娅。几乎无人关心她的生活。这天是她结婚的日子。她身上的某些东西不复存在。"这些话语在我写作这本书的过程中越发清晰起来。

第二张是贴在她身份证上的照片。小小的长方形图像，仅有几厘米大小。1965年6月，人们在罗马一个被遗弃的手提包中发现了她的身份证件，照片中的年轻女子身着毛衣，配黑色夹克，戴着金色的耳环和项链，简洁优雅、美丽大方。她的目光是如此真挚，眼神开阔而邈远。虽然露西娅没有笑，但她微微凸起的下唇为整张脸赋予了一种略显稚气的神态，就像噘起小嘴的孩子，使人联想到瓦莱瑞奥·苏里尼导演的电影《手提箱女郎》中的主角克劳迪娅·卡汀娜。我不知道这张照片中的她有多大。

摄影，即记录光影，用光影记录。那张露西娅身着黑衣的照片，用"摄影"一词来表述尤为恰当。

而在身着白衣的照片中，新娘呆滞的目光将整个场景吸入了无生气的真空。她努力藏起猎物般惊惶的目光，退守至一种令人捉摸不透的神态。那种状态就像一只性格尖锐的小兽失去了做梦的能力，沉睡于本性之外。一旦它睁开双眼，目光清明，整个世界便将坍圮，不再安宁。

一手材料

她并非来自星星的孩子
（她是不被期望的孩子）

露西娅出生于一个深夜。

也可以说，她是在某一天开始的时候来到这个世界的。人们总会有理由期待黎明在每个黑夜的尽头破晓——直到2022年[1]依然如此。

1936年2月16日是一个星期日。凌晨1点5分，露西娅从母亲腹中呱呱坠地。天边挂着一轮残月，天狼星孤独地闪耀在大犬座的顶点，遥远的白光在窗户对面的石灰墙上投下阴影，勾勒出两个刚刚分离的身体。四周寂静无声。

出生，就是独立行动，然后独自忍受。露西娅的身体是物质的独立性及其坚韧意志的无数种表现形式之一。她的发丝指向四面八方。

---

[1] 作者写作本书时正是2022年。——译者注（如无特别说明，本书注释均为译者注）

路易吉·加兰特和阿米莉亚·格雷科是一对农民夫妇,他们已经有了三个女儿——阿妮塔、艾尔西莉亚和杰玛,因而并不期待第四个女孩的到来。露西娅的出生使人联想到一个屈辱的假设,甚至招致了父母的一丝怨恨:父辈的种子不够有活力,无法将家族姓氏传承下去。接二连三地怀孕却没能生下儿子,令人绝望。在那时,谁都不知道,过了六年,就在露西娅之后,加兰特夫妇终于笑着迎来了罗科,一个容光焕发、筋骨强健的男孩。小东西精力充沛,一出生便号啕大哭,父母给他起名为埃尔科利诺,这个名字迅速取代了他的教名,登记在了家庭户口簿上。

加兰特家拥有一栋两层楼高的农舍,坚固的白色楼房如巨人般矗立在帕拉塔杂乱无章的乡间。帕拉塔是坎波巴索省的省会,当时仍属于阿布鲁齐-莫利塞大区[1]。1963年,莫利塞被划分为一个独立的大区,如同千年的新生儿掉进一堆杏仁和小麦之中。不过,加兰特家庭农场所在的地区,在所有地图上都从未出现过。

农舍的居住区域由两个房间和一间厨房构成。在乡下,每家每户都得在底层留出足够空间存放农具以及作为牛棚,人们必须爬上一段相当长的台阶才能到家。

一楼是农舍的主要部分:奶牛和小牛犊居住的牛棚。"小星

---

[1] 1963年,阿布鲁齐-莫利塞大区被划分为阿布鲁齐和莫利塞两个单独的大区。

星，小星星，夜幕正悄悄降临……"庄园面前，一棵高大的无花果树笼罩着鸡舍和兔笼。清新的植物气味从大树内部飘散到空气中，冬日清晨的风送来木柴在壁炉里噼啪燃烧的烟熏味和香草的味道，对于露西娅来说，这些气味融合在一起，就是家的气息。当她被生活推向远方并迷失方向时，这将是她最怀念的味道。然而，露西娅的逃离正是她自己的决定。

白日里，猪和山羊被拴在农舍后方，绳索的另一头或是绑在橡树树干上，或是固定在外墙的圆环上。草料房的金属顶棚下，一捆捆麦子闪着金光。再往外走，能看到犁过的田地里种满了小麦。从卧室里一眼望去便能欣赏到整片土地，田野广阔而宁静。

夜晚，屋子里弥漫着熟睡的气息。曙光刚擦亮天边，人与动物便各自开始活动。与动物们打交道的大部分工作都得在天刚蒙蒙亮时就开始：给牛和兔子送去干草，偶尔安排加糖的胡萝卜或一小把放盐的芝麻菜给它们换个口味；把大麦、小麦和玉米粒撒给大鹅、火鸡和母鸡；前一天的美味晚餐已经变成残羹冷炙，那就把它们倒进猪槽；给奶牛和绵羊挤奶，然后是离群索居、倔强难驯的山羊。四下里响起猫狗的叫声，然后鸡鸣、狗吠、牛的哞哞声、母鸡的咯咯声、猫的喵喵声、猪的哼哼声，还有鸟儿拍打翅膀的声音……一时间都响了起来，像一首复杂的交响乐，宣告着新一天的到来——唯一缺席的是羊的叫声，因为绵羊和山羊早在妇女们吃完早饭后就被带去草场了。

对露西娅而言，冬日清晨的气味就是牛奶和小麦粉的味道：新挤的牛奶煮沸杀菌，再将一片厚厚的硬面包浸泡其中。甜食是难以想象的奢侈品。傍晚时分，城镇的小巷里，孩子们跟在驴子后面奔跑，从驴背上的一捆捆饲料中扯下一两枝蝴蝶花。当地将这种牧草称作"苏拉[1]"，芬芳的牧草顶端开着红花，散发出一种流淌的蜂蜜的清香。

小城里只有一条主街，叫作圣洛克街。除此之外，便是几个广场、几条交叉小路和两座教堂。整座城市依山而建，以石头筑成。这里气候温和，周边的观景平台沿山势排列成王冠状，极目远眺，蔚蓝的亚得里亚海时隐时现，在房屋间闪烁着宁静的光芒。远处的地平线上，险峻的巨石拔地而起，阿马罗山巍然耸立在马耶拉雪原上，大自然的鬼斧神工将其雕琢得气势逼人。据说，马耶拉雪原的轮廓是普勒俄涅的长女、昴星团七仙女中长姊迈亚的躯体。将儿子赫尔墨斯埋葬在大萨索山的草药丛中后，迈亚悲痛欲绝，倒在了天幕之下。羚羊、狍子和野猪踩蹦着可怜的母亲的躯干；体形壮硕的亚平宁棕熊在树林中窸窸窣窣地活动；空地上，狼群低垂着尾巴成群结队地奔跑，悄无声息，眼睛在电光般钴蓝色的矢车菊中闪烁着荧光。当年，帕拉塔只有三千多居民，没有下水道系统。"噢，马耶拉！"成为当地人的粗话，其含义随语调变化。

---

[1] Sulla，地中海地区方言，指代豆目蝶形花科植物。

不在农场工作时,加兰特一家就住在另一栋房子里。从阳台看出去,刚好可以俯瞰小城的主街。这个家就像古罗马军队般方正、规整,正如所有的普通家庭。

露西娅逃离的29个春天

从现在看露西娅的家乡

　　石灰岩和向日葵向城镇的方向延伸，同时延伸的还有荆棘丛和坦缓的山丘。之所以说是"荆棘丛"，是因为平原上生长着大片多刺灌木。这片土地遍布荒凉的色彩，像是大火掠烧过的焦痕。

　　那是2021年8月14日。同年的2月16日（许多个月后，我才意识到这个惊人的巧合），我在塞雷娜·博尔托内的电视访谈节目中介绍我的新书，提到这本书是献给我那古怪的养母孔索拉齐奥内的作品。帕拉塔的市长在节目中听我提到了她所管辖的城镇，便立即邀请我到露西娅的家乡来聊一聊——即使我对生母露西娅并不熟悉，更别提帕拉塔了。这件事看似逻辑严密，实际上纯属巧合。不过，我也没有反抗命运的指引，而是好奇地追随事态的发展，并试图从中跳脱出来，从外部视角审视自己。那时的我被一种强横的痛苦所禁锢，只能看见自己的生活，周而复始、孤独无助。我想，自己本该感受属于所有人的生活。

我已经四十年没有踏上这片土地了：1980年，我和孔索拉齐奥内在帕拉塔的石头广场下了车。那时，我的高中老师保拉·莫雷蒂致力于令所有人（包括我）的生命之芽紧紧依附在血脉之树上。我和大多数青少年一样，任生命的嫩芽随意萌发、分枝，却因生长空间有限而感到局促。我们将这一空间称作现实。在成年人看来，我就像一棵愚蠢的小植株，努力向假想的神秘领域伸展自己的嫩芽，却不明白最难以捉摸的神秘领域就是现实。可惜现实往往被低估，在现实中生活的人们只满足于快乐。我希望用先前的经历解释自己混乱的创作冲动，而那两位充满爱意的女士（母亲和老师）则认为，她们必须为我的生活填补上"母亲"这一抽象的形象，以及诗意的幻象。我永远无法回馈这两份弥足珍贵的礼物，也许是一份。

今天，我驾驶着我的菲亚特牌汽车踏上寻根之旅，身旁是我十三岁的女儿安娜。我十分感谢安娜决定陪伴在我身边，还为这趟旅程选择了一些甜美欢快的背景音乐。我们不时歌唱。我开始对曾出现在母亲眼中的风景敞开心扉。

我只习惯在线圈本的空白纸张上写作，不爱用线条或者方格本。从记录下对这个地方的印象开始，日积月累的语句逐渐成为关于露西娅生活的笔记、访谈和档案，最终化为一场真正的调查，调查对象为我的生母和有关她的一切。

调查的起点是她的家乡帕拉塔。我发现这个小镇的名字来源于一个与河流有关的词语：在方言中，"帕拉塔"是一种水坝，人们把绳索和链条缠在一捆捆竹竿上，以阻止水流通过。它就像矗立在水中央的一道海关，只不过是在河里。如果财力不够，要通过这道关卡就得付出生命的代价。同时，"帕拉塔"也可以指代一种支撑物：一排细长的木桩垂直插入地下，横梁和钢丝支撑架相互联结，用以加固中间的桥梁通道。阻碍同时也是支撑。万事万物都是这样。

　　几个月过去了，最初如冰雹般铺天盖地袭来的记忆逐渐变得温柔，遗忘为事物披上一层荧荧光辉，开始在盲目的人们眼中闪烁。问题在脑海中挥之不去，我感到无比痛苦。露西娅生命的光辉被掩埋在羞耻、缄默和内疚的纠葛中，只有执拗的爱才能将她解救出来。可惜，很少有人能保持这种倔强的爱意。我不得不将双手伸进时间的盲点，我不知道我将找到什么：在泥土之下，不被爱的人被遗忘在寂静之中。就这么等着，看什么东西会出现在光亮里。

　　随着时间的流逝，虚无中渐渐浮现出一个立体的人物形象，屹立于时代的历史之中。那是一个面容清秀的身影。

听，把这孩子笑的

母亲阿米莉亚将发好的面团放进油锅里炸，露西娅在厨房里绕着桌子边跑边笑，小手拍得十分起劲儿。

"听，把这孩子笑的。"

家里人说莫利塞方言，习惯吞掉词尾的元音。午餐几乎一成不变。每到中午，阿米莉亚总是端出一盘意面配蔬菜或豆子。有时是宽面条配鹰嘴豆，有时是存放在瓦罐里的花豆。露西娅饿坏了，呼哧呼哧地喝下西兰花小麦浓汤，不过她还是更喜欢不带汤的食物，尤其是卡瓦泰利面。那是一种手工制作的意面，中空部分吸饱了番茄酱汁，一口咬下去，浓郁的香味便在口腔里蔓延开来。当圣诞节来临，文火慢熬的大骨肉酱就会成为节日重头戏，代替平常的番茄酱。除此之外，木头案板上沾满面粉的手工面条、炭火里煨熟的土豆，还有核桃，都是美食。只有周日才能吃肉，一般是鸡肉，偶尔也吃兔肉，总之都是白肉。奶牛得留着，不能吃掉。不过，等到冬天杀猪的时候，就能敞开肚皮大吃一顿了。宰杀一头猪至少需要五个人，天刚亮就要开始干活。那猪叫得十分凄厉，露西娅只能用双手捂住耳朵：可怜的灵魂啊。

宰过猪，厨房的壁炉附近就会出现成堆的腊肠和腌猪颈肉，还有一种辣香肠，切片时辣椒能把手指都染红——"妈妈，太辣了！"空气里飘着野茴香的味道。香肠和腌肉挂在横杆上，用斯卡莫扎奶酪和一串串等待风干的黄番茄间隔开来。女人们在横杆下方摆出一排排长凳，码好乳酪、羊奶酪、滴着乳清的意大利干酪以及油浸猪肝肠：

"露西娅，把罐子递给我！"

壁炉里总是生着火，既能为屋子里取暖，又能熏制猪肉。冬日里，全家人聚在餐桌旁，光是看着所有的这些好东西就能感受到快乐。五位女性（四姐妹还有妈妈）分坐在长桌两边，父亲路易吉坐在桌首，显示他不容置喙的主人地位。路易吉脾气粗暴，表情严肃，像士兵一样笔直地坐在桌前，母亲阿米莉亚甜美温顺，不断起身为丈夫服务，有时直接就站着吃饭，只在围裙上把手擦干净。大家都专心咀嚼，没人说话，一时间只能听到食物在牙齿间发出"嚓嚓"的响声：吃饭是一场神圣的仪式，所有人都得努力吃掉每一粒面包屑，因为"进食是一场与死亡的搏斗"[1]。只有父亲路易吉能喝酒，新酿的红酒清新纯粹，浸润着木头的香气。

渐渐地，最小的妹妹露西娅也长大了，可以承担一些轻松的

---

1 莫利塞地区谚语，意为人们吃饭时应当全神贯注。

任务：早上去鸡舍捡鸡蛋，到菜园里采摘成熟的西葫芦和番茄。春天，妈妈会让她去屋后的田野里采一小把野芦笋做煎蛋卷，用棍子拨开树叶找寻长在枞木上的蘑菇。

八月底，露西娅又长高了一截，她向远处走去时，妈妈阿米莉亚能从敞开的窗户里看到她乱蓬蓬的小脑袋。这时露西娅已经被允许拎着篮子到路边去采黑莓，帮妈妈熬煮果酱，以及用石磨将玉米碾成粉，以便做成玉米粥和玉米饼。

露西娅有一位好朋友：一只名叫"米老鼠"的小狗。它毛发金黄，十分聪明。这只杂交小狗不知是从哪个神圣又讽刺的肚皮里降生到了生命的草地上，总之，它出生时就长着歪歪扭扭的腊肠狗爪子和笔直下垂的猎犬尾巴。天气晴朗时，"米老鼠"和露西娅喜欢在庭院里打闹，把火鸡追得满地跑，听它们大叫大嚷，掉得满院子都是鸡毛：

"咯咯咯！"

露西娅笑了，像狐狸一样狡猾又敏捷地拔下火鸡长长的尾羽，一把塞进口袋。她还会为了她的"米老鼠"偷猪肉。有时，露西娅也和比自己稍大一点的姐姐玩捉迷藏。另外两个姐姐太无聊了，只需看她们一眼，就知道她们已经在那儿想女人的心事了。

未来的某一天，当露西娅离家时，"米老鼠"将陷入安静的绝望。这只丑狗珍视自己来之不易的生命，却也无法不厌弃自己不幸的一生。

颜色战争,天生铁血

"我认为,种族问题就意味着征服,这至关重要。必须引入种族视角来审视意大利历史……我们意大利人曾以为,意大利并非一个统一民族,而是各个种族的混合产物……但现在我们必须牢记,我们不是含米特人,不是闪米特人,不是蒙古人……我们是纯正的地中海雅利安人。[1]"

1938年10月25日,贝尼托·墨索里尼颓势初现,但他仍锲而不舍地阐述着自己的幻想:种族自豪感。一直以来,墨索里尼尝试用各种方式,将种族的概念强加给散漫的意大利人民,然而,也许是因为接受它就意味着接受血亲挚友之间的告密和疏远,意大利民众并未对这种被灌输的憎恨情绪表现出什么特别的反应。

无论如何,民族主义的绞肉机仍无情地滚动着,犹太人逐渐从意大利的学校里和社会公共岗位上被驱逐。1940年,法西斯政府在

---

[1] 摘自贝尼托·墨索里尼1938年10月25日在意大利国家法西斯党全国委员会发表的讲话。——作者注

意大利中南部挑选了一些远离军事要地的市镇,作为强制拘留"有必要迁离居所的外国人和意大利人"的理想地址。

彼时,阿布鲁齐大区的坎波巴索省便是被精心挑选出的拘留点之一。1940年起,政府陆续从市民手中强制征用了(阿尼奥内、博亚诺、卡萨卡伦达、伊塞尔尼亚和温基亚图罗的)大楼、旧修道院、企业和民房。随后三年中,犹太人、罗姆人和辛提人最先被关押,紧接着便是在1941年纳粹法西斯对南斯拉夫的野蛮侵略中被抓捕的斯拉夫人。

法西斯政府为拘留者提供的条件略不同于北欧的纳粹集中营,生活在拘留点的被关押者享有部分基本权利。然而,许多人被抓捕的原因仅仅是他们的思想,更有甚者,种族也会成为羁押的原罪。这群人背负着无法清偿的道德债务,就这样沉默着,直到盟军介入,打开集中营的大门。

1943年10月3日的黎明,一场暴风雨劈头盖脸地砸在英国第八集团军所有士兵的背上和脸上。率领第八集团军的将领是五十六岁的伯纳德·劳·蒙哥马利,曾于前一年在阿拉曼击败埃尔温·隆美尔。军队在泰尔莫利地区登陆,与占领该处的德军第一伞兵师激烈战斗。10月5日,蒙哥马利给英国首相温斯顿·丘吉尔发去一封热情洋溢的电报:"我们已向前迈进了一大步,并且进展神速。[1]"

蒙哥马利是一位经验丰富、直觉敏锐的指挥官,他身上有一

---

[1] 摘自温斯顿·丘吉尔所著的《第二次世界大战回忆录》,编辑阿尔多·基亚鲁蒂尼,翻译阿尔图罗·巴罗内,2022,蒙达多里出版社,米兰。——作者注

种令人难忘的冷峻气质,而这种气质被他常穿的那件牛角扣连帽大衣[1]所中和,精致的大衣也成为年轻人竞相追捧的时尚单品。

德军将领阿尔贝特·凯塞林立即对突袭做出回应。他将部队分为四股,其中三股沿着莫利塞的三条河流(比费尔诺河、特里尼奥河和桑格罗河)平行排布,第四股背靠沃尔图诺河部署为临时的第四条河流防线。

帕拉塔自九月底起便有德军常驻。10月10日,从泰尔莫利向内地撤退的德军汇入帕拉塔,在这里躲避密集的机枪扫射和低空梭巡的敌机。盟军在比费尔诺河上修建起临时跑道供空军战机起降,铺设跑道的带孔钢舌在阳光下闪闪发光,被人们称为"格子板"。

帕拉塔因而被迫成为战争前线和轰炸目标。大量战争物资被源源不断地运往这座小城,成千上万件武器在广场上敞着黑洞洞的枪口。那年露西娅七岁,弟弟罗科刚出生一年。武装冲突导致许多生命消逝在向日葵花丛中,两名市民死亡,无数建筑化为废墟,人们的家具、衣物、生活用品以及牲畜等资产被洗劫一空。

每当轰炸来袭,平民们便躲进临时防空洞和地窖。在这样的情况下,多数家庭都选择离开城镇,回到乡下的农舍避难。人们在乡间过着几乎自给自足的生活,仅靠地里的果实和在劫掠中幸存的牲畜充饥——德军早就强占了当地乡绅的宅邸,随时随地大快朵颐,

---

[1] 二战期间,伯纳德·劳·蒙哥马利热衷于穿牛角扣连帽大衣,这种大衣也因此被称为"蒙哥马利大衣"。

他们从周围的农庄里掳夺一切能吃的东西,不论死活。加兰特家就多次被德军抢走家里的牲畜和面包,那些食物够一家人吃上整整一个星期。

此时,马克·韦恩·克拉克将军的一个想法直接奠定了美国第五集团军在沃尔图诺河上的胜利:沿整条河道一齐发起进攻。

10月12日,盟军的烟幕弹搅浑了沃尔图诺河的河水。美军一边与德军交战,一边和暴雨斗争。雨水让河堤变得湿滑泥泞,水流变得湍急汹涌,大树的根系被埋没在淤泥里,根本无法支撑绳索。将士们最终成功地穿越德军防线,却也将淋漓的鲜血留在了沃尔图诺的急流中,付出了1943年秋季美军在南意战场上最为惨痛的代价。

莫利塞地区在短时间内被解放。帕拉塔乡间的战役既没有持续太久,也没有造成特别大的伤亡。恍然间,人们只能感受到一点约束、一点声称报复的威胁,以及伴随两起杀人事件蔓延开来的恐怖氛围。某一天,十六岁男孩安杰洛正在乡间放牛,德军士兵大声命令其"站住!"。德国人喊话的口音难以辨别,男孩懵懂中本能地向山上跑去。士兵开枪射击,但子弹没有直接杀死他。随后,士兵追到男孩身边,推开紧紧抱着他的父亲,拔刀结束了孩子的生命。后来官方给出的解释是,男孩剪断了军方的电话线,也许是想给牛做脚蹬吧——按照纳粹军队的逻辑,这种侮辱显然必须用鲜血来洗刷。第二位受害者是在盟军的轰炸中倒下的。轰炸无休无止,直到

10月24日的黎明，印度和尼泊尔军队将帕拉塔交还给帕拉塔人，轰炸才终止。

帕拉塔的守护神是圣洛克。圣洛克教堂在1945年遭受的破坏现已修复，但平民的记忆是无法修补的。

"那些人特别可憎。他们抢走了家里唯一的小牛犊，还在我们面前杀死了它。全家人只能眼睁睁地看着奄奄一息的小牛被扔在地上，这纯粹是在羞辱我们。家里的四十只火鸡也全被宰杀了，那群人却连三分之一的火鸡肉都没吃完。他们一只只地杀掉火鸡，用枪口顶着妈妈的太阳穴命令她把火鸡烤熟。"

这是露西娅的弟弟罗科在电话里回忆的情节。罗科现在仍住在童年和露西娅一起生活的农场里。

人类总是在战争中肆意挥霍精力。然而，这种挥霍造成了太多死亡，因征服者愚蠢的愤怒而发生的惨案不计其数，纳粹军队撤退时，留下无数被无辜屠杀的平民。当地法西斯分子有时甚至与纳粹合谋施暴，在圣安娜迪斯塔泽马镇[1]发生的惨案就是一个例子。在这里，我想记录下这两起事件，来缅怀所有逝者。在这两起屠杀事件中，罪人正是纳粹军队。10月13日，德军在卡塞塔省卡亚佐镇劫掠并纵火，处处是断壁残垣和成堆的尸体，二十二名平民遭残忍

---

[1] 1944年8月12日，为切断平民与游击队员的联系，三个连的德国士兵在短短三小时内屠杀了圣安娜迪斯塔泽马镇约560名平民，其中包括100多名儿童。该事件被定性为一次有组织的恐怖行为。

杀害后被投入火堆。制造这场屠杀的恶徒是二十一岁的少尉沃尔夫冈·莱尼克-埃姆登[1]和他的军士库尔特·舒斯特，二人在德国政府的包庇下逍遥法外，未被引渡回意大利。此后，埃姆登又在科布伦茨市平静地生活了六十多年，时常组织儿童聚会。

11月21日，德军在阿布鲁齐地区的利马里森林中屠杀了一百二十八人，其中包括三十四名未满十岁的儿童。

以死亡取乐。血腥味令人迷醉，那是权力的味道，生存者正用力呼吸，决定放过还是杀死他们的自由就掌握在那些暴君手里，尽管暴君们平庸无能。

---

[1] 关于"颜色战争，天生铁血"一章中提到的沃尔夫冈·莱尼克-埃姆登，可以在1993年玛丽亚·库法罗在广播访谈节目《红与黑》中对米凯莱·桑托罗的采访里找到相关信息。节目内容后转载于2011年10月11日的《马泰塞邮报》。

她经常和大家打招呼

四周仍是黑漆漆的,广袤的田园之上尚未见天光。这个点,露西娅已经站着迅速解决了早餐,同许多人一样,她要穿过田野和大街,步行近一个小时去学校。长长的道路两边种着小麦或向日葵,淡蓝色的山丘在地平线上起起伏伏,露西娅每天得沿着这条路走上好几千米。

根据从网上下载的地图,再对照卫星数据测距,我终于看见了波纹状的钢板屋顶——加兰特家庭农场草料房的金属顶棚。为了找到它,我沿着那条路来来回回走了好几遍。从十二月到次年二月,大概有四公里的路面一直结着冰,人们在冬季卷曲又锋利的草茬子间穿过滑溜溜的小径,或是在混合了雨水变得黏糊糊的肥料堆间爬上爬下。走在路上,露西娅偶尔伸手从枝头摘下一个苹果,青涩的果子像饼干一样硬邦邦的。当春季即将到来时,春意主宰万物,她也喜欢抬头迎接三月美丽的阳光,看在冬季被摧残得如沥青般皱巴巴的树皮上冒出绿油油的树叶尖儿,看水汽在枝头结晶成霜。金合欢和杏树是最先开花的，它们用鹅黄色和柔粉色的花瓣点缀着春日的光景，倒转了冬景的沉郁基调，又与周遭的景色形成鲜明对照。在这样的景象中，枝头的鸟巢不久就会变得生机勃勃，能看见松鸦和山雀灵巧地飞来飞去。几株海桐在村口立着，有些蔫巴。走在库帕里耶洛街上，露西娅经常和大家打招呼。每当人们提到这个漂亮又有礼貌的小女孩，就会想起她那茂密的黑色鬈发。

1946年秋季，露西娅十岁半，刚开始上一年级。第二次世界大战掀起的血雨腥风正慢慢消散，鲜血渗入大地深处，如同一只暗中窥伺的野兽，等待着偶尔现身的时机。灾难大抵都是这样的。

露西娅在镇上的人民广场读完了一年级，又在距离丰塔内拉镇不远的白色石头房子里读完了二年级。白色石头房共有三栋，露西娅在其中一栋里上完了二年级。这些房屋都是私宅，但使用权归学校所有。她的老师叫阿涅塞·斯佩特里诺，是一个细心而质朴的人，有着一双温和的眼睛和一头长发。斯佩特里诺老师深深地爱着班里这四十名学生。

露西娅每次赖床都会第一时间被老师发现。由于晚起耽误了时间，她只好从冬季的田野里抄近路，赶到教室时两只鞋上都沾满了泥巴。就算露西娅已经在台阶边缘反复刮蹭鞋底，斯佩特里诺老师也能看出不对劲儿，她和蔼的眼神里包含了一切。

爬上学校主楼的阶梯，第一眼就能看见所谓的"慢班"。这是为无法遵守规矩的孩子专设的班级，全校所有"智力普通"的孩子都会被集中到这个班级，与年纪无关。"慢班"制度一直延续到

1977年8月，才在参议员弗兰卡·法尔库奇的提议下被废除。

不论镇上还是乡下都没有自来水，所以学校里也没有厕所。每到课间休息，学校就发给孩子们一个大铁桶，学生一个接一个地将排泄物排进桶里，最后桶里的东西就倒进路边的排水渠。

我找到了露西娅的成绩单。她的学习成绩很好，最擅长的科目是德育，期末评价9分。结合她之后的人生轨迹，这一发现让人不禁苦笑。

"老师常常对父亲说：'让她学习吧，这个小女孩很不错，就让她继续学习吧！'但家里没有钱供她继续学业了……"

这也是罗科舅舅告诉我的。谁能想到，多年前的选择竟会决定我们所有人命运的走向。

露西娅是个聪明的女孩。因此，三年级上到一半时，她便获得了到人民学校继续"小学高年级"（三至五年级）学业并获得毕业证书的机会。

1946—1947学年，罗马多所学校联合开展了人民学校实验项目，给因为战争无法继续学业的年轻人免费提供上学的机会。该项目后来由教育厅确立为一项正式制度，把"扫除文盲，完成全民初级教育并引导有潜力的学生接受中级教育或职业教育"作为长期目标。学校以奖品的形式为学生免费提供书籍和文具，保证贫困生的尊严不受伤害。

然而，露西娅的名字并没有出现在人民学校高年级班级的花名册上。在那个年代，上学是以牺牲劳作时间为代价的，大多数时候，政府甚至不得不以罚款的方式强迫父母将家里的女孩送去上学。露西娅面临的情况也是如此：在完成最低标准的必修课程后，她就被要求回家承担家务，不再继续上学。

学生需要在一二年级完成初级教育的全部内容，包括宗教、阅读、写作、算术、意大利语语法和公制基础知识。因此，露西娅被迫离开学校时，应当已经具备基础读写和简单算数的能力，即使数学是她成绩最差的科目。

然而，她并没有机会学习地理和历史，也不知道"生活中常用的物理和自然科学知识"，更无法接触书法和写作规则。

尽管如此，正如我们所见，她还是开始了写作。

为了见到露西娅小时候的模样，我在网上浏览了大量与当时当地相关的照片，寻觅了好几个月。直到某天，学校的档案管理员为我提供了两条重要信息（露西娅的就读时间和教师姓名），我才找到了她的影像。那是1月28日，我如雷轰顶。我第一眼就认出了露西娅，没有丝毫犹豫：我的女儿和她长得太像了，简直就是奇迹。按图索骥，我又找到了另外两张她的照片。

三张照片中，露西娅都站在最后一排。她将一头标志性的鬈发用蝴蝶结扎起来，露出额头和耳朵。她的眉毛像海鸥的翅膀，微笑如一阵春风，缓和了脸上抗拒的神情，将女孩的矜持转化为某种轻盈的姿态。她面朝前方，直视镜头。

在第一张照片（拍摄于1947年6月10日）中，老师的手搭在露西娅的肩膀上，但她似乎很胆怯，只想躲在同学们密密麻麻的脑袋后面。这也许是露西娅人生中的第一张照片，但她的目光没有丝毫闪躲，反而坚定得可怕。班里的同学们比她稍微自在一些，但所有人的表情都徘徊在惊讶和恐惧之间，没有一个人笑。

第二张照片拍摄于1948年6月，一年过去，露西娅已经十二岁零四个月了。女孩看起来挺拔、轻盈、明亮，散发出一种天生的甜美气质。我能感受到，这一年中她身上发生了某些变化。照片中露西娅双臂交叉，露出左手腕，将手掌压在右臂下。这是我唯一找到的有关母亲双手的记录。

最后一张照片则是露西娅青春期的纪念，女孩长高了，优雅而自信的脸颊上洒满阳光。

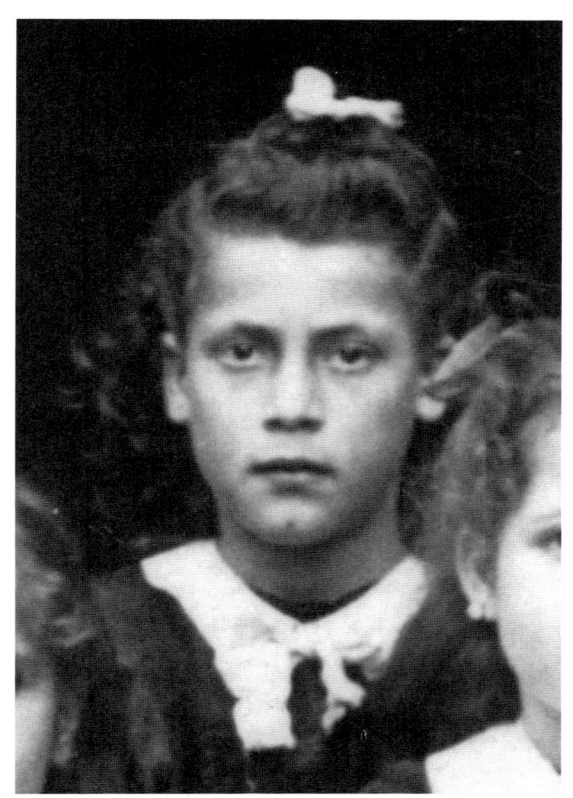

露西娅·加兰特，1948年6月，小学二年级

托尼诺

TONINO

托尼诺

1947年，真正的快乐

1947年夏，战争愈演愈烈，遇难者尸横遍野。德格兰迪斯一家从阿布鲁齐举家搬迁到帕拉塔，住在当地一位公证人名下的农场里，距离加兰特农场大约五百米。

德格兰迪斯家是佃农，以租种别人的土地为生。他家有个小男孩，名叫安东尼奥，出生于1936年3月27日，小名托尼诺，长了一双机灵的眼睛和一张能说会道的嘴，棕色头发打理成时髦的造型。不远处的加兰特农场里则住着小露西娅，也不到十二岁。

露西娅有一头浓密而卷曲的齐肩发，不上学的时候，她喜欢把头发披散下来。我之前写到露西娅看起来有些腼腆，但她的目光中闪烁着讽刺和坦率。这种反差产生了奇妙的效果，像是一个邀请，又似乎在拒绝。

"为了去看露西娅,我经常一走好几公里。不论冬夏,不论大雪还是暴雨。赶了几公里的路,只为给她送去一个轻轻的飞吻。

"每次赶着牛羊去饮水时,我们都在喷泉边悄悄地打个招呼。

"即使门外的积雪已经一米高,为了她,我也会牵着小母马出门……"

2021年8月18日,安东尼奥·德格兰迪斯手写的悼文

马儿驮着托尼诺在露西娅家的农场周围打转。年轻人昂首阔步,面带微笑,眼睛亮晶晶的,额发从睫毛上拂过,随着马儿的步伐晃晃悠悠。他像接受检阅的士兵般策马来回,只求给露西娅留下

个好印象，可惜露西娅没能看清他的英姿，因为她的父亲对托尼诺十分生气。

露西娅每天都要出门去放牛牧羊。她穿上了及膝的裙子，一颗心怦怦直跳。她的小动物们相信，最新鲜、最茂盛、最甜美的牧草就生长在托尼诺居住的农场前方。

每逢节日的夜晚，演奏手风琴的吉诺就会来到村庄，音符串起那些如幸运女神般耀眼而少有的狂欢时光。冬天，人们在屋子里跳尊巴；夏天，人们就在农场里起舞。露西娅和托尼诺的视线穿越重重人群抵达对方，他们是那样年轻，他们的手就要相碰。脚下旋转着，心也跟着盘旋上升，好似就要飞上天空。这是一种坦率的悸动。露西娅双手叉腰，裙裾随飞扬的发梢展开，巧手织成的长袍包裹着她年轻的身体，仿若装饰着淡红色和翠绿色羽毛的孔雀；托尼诺则将双手背在身后，古铜色的皮带在星光下微微发亮。

连续六个夏天，露西娅和托尼诺在成捆的麦穗间相互试探。

连续六个冬天，他们躲在马车里，两人都不出声，只余浅浅的微笑和问候的眼神默默传递。当托尼诺终于敢远远抛去一个飞吻时，露西娅白皙的小脸涨得通红。此时，语言是最无用的。

托尼诺每晚都反复做着同一个梦：露西娅的身影划过炎热的田野，投入他的怀抱。虽然一月的夜黑压压的，雨水倾盆而下，但美梦从未被噼里啪啦的雨声打断过。

男孩的爱情来得很简单，理由直白却能解释一切：露西娅太美了。

世间万物和谐共生，女孩年轻的身体在偌大的世界里占据了一个简单而真实的角落。栖身于铺满干草的庭院，她在大风扬起的尘土和稻草的气味间体味到至高的幸福。回到家中，露西娅的心间仿佛被点亮，口袋里的东西让她手心发烫：一根草、一块石头、一串鼠尾草、一把从托尼诺的菜园里薅来的豆子。这一切让人心醉神迷，像蜜糖般甜蜜，又像寻查线索般刺激。露西娅很容易相信他人，总和别人提起托尼诺，谈论他在黎明的震颤中留下的痕迹，谈论他现实生活中的细枝末节。所有深陷爱情的人都同样让人受不了。今天在教堂他转身看了几次？你瞧见他那件外套了吗？谁知道他会不会喜欢我新梳的辫子……

夏夜，露西娅和她的同龄伙伴玛丽亚一起躺在干草堆里。左手边是生长着芳香植物的水池，四周的一切都在竭尽全力散发香气。露西娅在星光下为朋友低吟浅唱，歌声里尽是托尼诺。

托尼诺也不断用行动证明着他对露西娅的喜欢。全村人都知道，托尼诺每天都找借口围着他那闪闪发光的小美人转来转去。露西娅，意为黎明之光，这是个常被刻在喷泉石片上的名字。露西娅对此也并不抗拒，只习惯性地向右偏头，望着远方静静微笑，美得像一朵肆意生长的野玫瑰。她的男孩如此生机勃勃，如此热情洋溢。这是幸福生活的宣告。

如同千千万万没有土地的夫妇，露西娅和托尼诺将会把汗水洒向别人的庄园，但他们也将永远在一起。无须言语两人也能心照不宣：他的眼睛带笑，她的双眼低垂，每一个承诺都镌刻入空气，融入血液。身体知道每一次悸动。等到满十七岁，托尼诺便按照当地习俗安排媒人穿着红袜子去见露西娅的父母，求娶他们的女儿。他得到的答复是：

"不行。"

托尼诺太穷，没有自己的土地，和露西娅并不门当户对。所有期望一朝尽断。

露西娅被父亲路易吉绑在牛槽上，用步枪顶着胸口警告道："如果再让我看见你和托尼诺在一起，我就把你们两个都杀了。"露西娅感受着父亲如铅一般沉重的脸色和粗暴的掌控欲，仿佛看到那张大海般冷酷的脸从乡村的旷野中升起。她知道父亲没在开玩笑。

玛丽亚劝露西娅一走了之，但露西娅留了下来。

托尼诺的心灵和自尊遭受了极大的打击，心灰意冷下，他回到故乡——阿布鲁齐大区的托里诺–迪桑格罗。那是1953年。

如果没有很久以前路易吉的那一次阻挠，我就不会出生。我想，如果结局改变，我也许会受到伤害，但露西娅会拥有简单而幸福的生活吧。

1955年

这一年异常炎热。直到九月下旬燕子还在村里徘徊。

2021年,我和托尼诺通过一个电话。电话那头的人和蔼可亲,低沉的男声里夹杂了北方口音,显得有点滑稽:

"最后一次去看她时,我躲在一堆稻草后面,她妈妈拎了根棍子,气势汹汹地赶来。

"听说她在父母的安排下,和那个一无是处的'一百里拉'订了婚,我就和当地的一个好姑娘结婚了。也是因为1957年有规定,结婚的人可以免服兵役,我便匆忙结了婚,连婚礼都没办。

"第二年我们才举行婚礼,仪式地点定在帕拉塔,因为托里诺-迪桑格罗的牧师拒绝接受已经结婚一年的妇女穿着新娘的婚纱步入教堂。"

我粗暴地打断了他:

"那露西娅呢?你邀请她参加你的婚礼了吗?"

一瞬间的沉默。我大概让他感到痛苦了。

"……你在跟我开玩笑,对吧?

"后来,我们在帕拉塔定居,我家就在距离露西娅几步之遥的地方。1958年,我们生下了一个女孩。1961年1月,我们搬家到蒙扎省的利索内,就在这里一直待到了现在,没再离开过。

"但只要我还活着,那个女孩就会一直在我心里,她真的很美。

"我当时就应该坚持带她走……"

我有点后悔在言语间伤害了他。托尼诺是个好人,当时他也只是个十七岁的孩子,而且,他也一直被悔恨折磨到了现在。露西娅当然知道托尼诺的婚礼,也自然从没去找过他,她还知道他有了个女儿。三年后,托尼诺和家人去了北方,露西娅彻底失去了他的消息。又过了十年,也许是为了纪念自己一生中唯一一次得到简单而真挚的爱,她去寻他,却无功而返。

1958年，床垫下的笔记本

莫利塞人个子不高，但他们普遍双腿强健，善于攀爬，能够去到地形复杂但风景优美的地方。在那里，半掩半露的岩石像是巨人之手刚撒下的一把骰子，以原野为棋盘的游戏进行到一半。向日葵在岩石的缝隙里穿插怒放，含蓄地期待与这片土地共享欢乐，如同某种美学意义上的讽刺。

田间劳作几乎全靠人力完成，邻居会相互帮助。十一月初，农民将犁拴在驴子身上开始犁地，但驴子性格恶劣，常常磨蹭着不肯前进一步。还是用一对牛来犁地最好，漂亮的白色母牛拥有温柔的双眼和美丽的臀部，可以免去被送上餐桌的厄运。犁好地之后，人们便开始播种小麦。等到六月底到七月中旬，就可以割麦和打谷子了，农民们结成小组，先一齐完成一块地的收割工作，再共同收割下一块地。大家的身体被太阳晒得像麦粒一样焦黄，但人人认真劳作，地里偶尔传出欢声笑语。露西娅和大家一起割麦子。

明媚的阳光下,捆捆麦秆堆积成垛,顶端整齐地朝着同一个方向。妇女们在栎树荫下铺开桌布,放上面包、乳酪和多汁的鸡块。

"多棒的女人啊,感谢上天!"

红酒只有一瓶,得传着喝。男人们把镰刀往裤子后面的口袋里一插,管他是老人还是小孩,人人都能分得一口。

等到麦子都晒干了,便有人带着打谷机来分拣谷粒和谷糠。那几年,人们已经不用自己手打谷子了。

夏季的烈日把大地烤得滚烫,令人寸步难行,百叶窗将午后的阳光隔绝在窗台之外,守卫着房间里的秘密。如果需要耕种的田地距离农场不远,露西娅就会趴在床上大声嚷嚷自己肚子疼。等到大家都走了,她便伸手从床垫下掏出一个笔记本和一支笔,贴着白色的小床滑下来,坐到地上。只有露西娅知道这两样东西的存在,在卧室的小小的角落里,她可以撑着胳膊,随心挥洒自己在学校的两年中学到的意大利语单词。据说她会写诗。我相信露西娅能创作诗歌,因为她的青春充斥着孤独,孤独感改变了她那不甚在意周遭环境的本能。虽说并非出自本意,但露西娅青春年华的两个见证者的确先后离开了她:她的知心好友玛丽亚在1958年结婚后移民瑞士,她的挚爱托尼诺和另一个女人就住在离她几步之遥的地方。直至此时,每当她不小心想起托尼诺,仍会感到目眩神迷。露西娅的心在沉默中逐渐变得坚硬,她觉得有必要面对曾经逃离的一切,理清谜团。难以言明的他的存在,疯狂跳动的她的心脏——对托尼诺的所有感觉都将在未来指引露西娅选择人生道路的方向。但在那个时候，女孩的床上只有忧伤。无形的忧伤。

午后的烈阳被遮挡，房间里忽明忽暗，就像露西娅的生活。与所有人一样，她的生活里有明确的目标，也有不为自己所知的隐秘方向。与所有人一样，这副躯壳里只有她自己的灵魂，承载着属于她的快乐、她的疲惫，还有她不应承受的失望。失望的滋味就像静止的风。

弟弟埃尔科利诺是露西娅心灵的慰藉。和他在一起，露西娅感到很自在。她喜欢带着弟弟给菜园松土，感受锄头翻出的泥土和树根的味道，当乡村逐渐被巨大的寂静笼罩时，好似每个人都拥有了一个专属于自己的空间。露西娅还喜欢和弟弟一起播种。每当春天到来，泥土重新散发出香气，她便在围裙里兜满种子，把蚕豆、鹰嘴豆和玉米播撒进犁沟，弟弟则跟在后面用肥料盖住泥土。从弟弟的高度望向露西娅的背影，只能看见姐姐的影子在哼唱——

> 飞呀，飞呀，蝴蝶轻轻地飞呀。
> 飞吧，飞吧，
> 告诉我爱在哪里吧。

那时候露西娅二十岁，罗科舅舅十四岁。

路易吉
LUIGI

错位与悲伤

　　露西娅不愿接受订婚，匆匆出逃。她的未婚夫路易吉已经三十一岁了，还跟个小孩似的，成天做着去美国的梦，同村的人都戏称他为"一百里拉"。谁知道这个沉浸在自己世界里的单身汉满脑子还想着去什么地方，想过怎样离经叛道的生活……由于他对女人毫无兴趣，村里的男孩子常跟在他身后大声嘲笑：

　　"你不是个男人！"

　　但是，与加兰特家的土地挨着的那片田属于"一百里拉"。路易吉小名吉诺，体形瘦瘦长长，坐在驴背上脚都能拖到地面，他的脸形流畅瘦削，下巴结实。他上了三年小学，据说很听妈妈和姐姐的话。路易吉家的女人们终于找到了一个愿意接受他的人。这头脑简单、喜怒无常、平庸无能的男人每天早晨一起床就开始往咖啡中倒白兰地，本就天性懒散，在酒精的作用下更是混沌度日。照片里，他的黑眼珠总是被长长的睫毛笼罩在阴影里，空洞的眼神彰显着心不在焉。他感觉不到幸福，也从不反抗。在他看来，反正自己的不幸与生俱来，不可能被治愈，结婚只是听从安排。

另一边，露西娅干脆直接离家出走，跟着马戏团去演出。她的父亲气得从墙上取下步枪，抓着铁链在村子的大路上追打露西娅。有的父母会把反抗的孩子整夜绑在爬满蚂蚁的树上，强迫他们屈从于家庭安排的婚姻。**主啊，请以你的仁慈怜悯我**[1]。

1　该诗句来源于《诗篇》第51篇《求主垂怜》。1630年前后，作曲家格雷戈里奥·阿莱格里为这首诗谱曲，并要求在圣周的熄灯礼拜仪式期间，在西斯廷教堂的晨祷中熄灯演奏这首歌曲。当然，作者对诗句的理解显然是十分自由的，带有个人色彩。——作者注

路易吉

1959年1月17日星期六，婚礼

　　新娘的嘴唇干裂着。
　　露西娅还是不愿结婚，为此挨了不少耳光。尽管新娘不愿意，婚姻的契约还是就此签订：以年轻女性可观的劳动力和生育能力换取财产增值。除了与加兰特家相邻的那块地，格雷科家还有好几块田产，甚至在乡下还有几幢小房子。无视反抗，以处女之身换取土地，会给生活带来阴影，但大家都是这么干的。饥饿穷苦的人民一致相信，通过家庭获得社会跃升才是生活的主流，每一个个体的躯干和生命都是补充水源的支流。只能尽量避免刺激神经，专注于忍耐。在那个年代，人们习惯于在饭后从桌布上收集面包屑重新揉搓成团，乡下姑娘剪下长发卖给买得起假发的城里人。直到现在，时代留下的阴影还像个挥之不去的幽灵，刚刚摆脱贫穷的人们千方百计地巩固长期资产，稳定经济状况，以便从容地步入晚年。以家庭为单位的每一个动作都具有战略性意义，是通向终极目标的桥梁。

圣安东尼是猪和所有牲畜的保护神,这一天是他的节日,他的雕像在家畜、篝火和歌声的簇拥下游行。借着当地盛大的节日庆典,露西娅无声的婚礼被庆祝的乐声包围,这也许是为了省钱。

婚礼只留下了一张照片,新娘被锁在父亲和丈夫之间,挤成一段紧凑的线条,又像一支对抗痛苦的军队。父亲比她稍高一点,肩头布满污垢,一张脸就像太阳暴晒下沟壑遍布的砾土。他穿黑衣,打领带,像风与风之间的缝隙那般安静,如同时间的影子铺展在露西娅的右肩。新郎身着灰色双排扣西装,右臂紧紧地夹住露西娅的左手,左手搭在岳母的左肩上。露西娅的母亲精致到指尖,她是面对镜头最积极的人,但也是站在最边上的那一个。她的面容看起来有些无措,但眉眼飞扬着。她穿了一条黑色连衣裙,圆领上镶着白色的蕾丝,纽扣系到脖子,裙摆在重力的作用下逐渐宽松。此时距离露西娅二十三岁生日还有一个月,没有人在意她,也没有人装出一副高兴的样子。婚礼还是在村里的那座教堂里举行的,这座教堂将徘徊在书页之间,直至故事的结尾。

露西娅穿了一条紧身长袖纱裙,薄纱裙摆下是白色浅口高跟鞋,鞋跟大约五厘米高。那张照片其实是一张半身像,只拍到了人物胯下一点的位置,我从别人的描述中才得知露西娅那天穿的是什么鞋。

新娘的脸上没有一丝妆容的痕迹。尽管如此,她还是小脸煞白,像极了游行队伍中的白面小丑。在那个时刻,她的的确确如同小丑一般失去了平衡。

路易吉

白色背景上的白手套

照片上无法一眼看出新娘的右手在哪儿，因为她戴着白色的手套，右手又放在白色婚纱上。要仔细对比才能看到露西娅紧紧抓着捧花，手指都有些泛白。为了生存，大树总会让花朵凋落，当花朵全部凋零，便会轮到树叶。

1980年，我收到了装着露西娅结婚手套的黑色首饰盒。这副手套很小，适合年轻女孩的手。现在，它们就摆在我面前。

我很瘦，手也纤细，但要戴上这副手套还是得费很大力气。手套上还残留着妮维雅护手霜的味道。

    请为我洒洗，我的主，药草的芳香使我纯洁；
    我将被洗涤，洁白胜雪。

村里没有餐馆，婚礼的午餐由新娘家负责。大家都在女方家里吃了午饭。

婚 房

露西娅和路易吉的婚房就是路易吉原来的单人房，位于阿莫迪奥·里恰尔迪大街8号。确切地说，那就是一个带室内马厩的车库，村里的人们都把那个地方叫作"洞穴"。

2021年8月14日，我去参观了"洞穴"。房子底层是带拱顶的半地下室，墙壁漆成白色，作为厨房使用。走到屋子尽头，左手边有一个小马厩，同样是拱顶的；右上方有个栅栏，刚好和街道齐平，能够透进一点自然光线。

桌子靠厨房左侧墙面摆放，刷成水绿色，右侧墙面上钉了一块刷了白漆的木条，上面用螺丝钉出一排挂钩，挂着铁质餐具：三个从小到大排列的双耳平底锅（最大的煎锅由于经常使用，锅柄上的油漆已经完全脱落），一口用来煮意面的红色深锅，一个白色搪瓷咖啡壶和一个容量约二百五十毫升的绿色水壶。时至2021年，这些餐具早已锈迹斑斑，搪瓷涂层也裂成了块状。厨房里还放着一个可以当作座椅的小箱子，箱底放着几块白色桌布、露西娅零零散散的嫁妆以及包裹嫁妆的布，还有用绳子捆扎好的婚礼餐具。没有电，没有水，没有窗户。2021年，天花板上的灰泥因受潮而鼓包，大片大片地掉在地板上。

右边是一间粮仓，前方水平排布着三扇小门，中央有一部又窄又陡的旋转楼梯。为了不占用上下两个房间本就逼仄到极点的空间，修建者只得将九级陡得几乎无法通行的台阶强行叠加在一起。

楼上是新人的卧房，墙面也用石灰漆成了白色。房间里只放得下一套深色的木质床头柜，柜子的大理石面板已经被拆掉了，留下了四个抽屉，我把抽屉一个一个地打开来看。2022年2月8日我就会知道，我现在打开的床头柜，正是露西娅曾打开的那一个。如今，里面只装着灰尘。

衣橱是在朝向街道的那一面墙上直接凿出来的，呈长方形，没有柜门。墙面和衣橱后壁间固定了一块木条，就和厨房里悬挂餐具的木条一样。

我走上前去，看见木条中部挂着一个棕色木质衣架。衣橱底部放了一条芥末色的毯子。

卧室里没有窗户，唯一的通风口开在楼梯顶端，装有两扇深色木质小窗，从窗口望出去刚好能看到小小的街道。

1958年1月，大约婚礼前一两周，这座小房子里挤满了人：村民们争相爬上楼去参观新人的婚床。新娘的嫁妆摆在厨房的一张桌子上。露西娅本人也在厨房里，分发自己亲手做的甜点。客人们把份子钱和礼物搁在桌上。命运的铁钳缓缓合上。**请以你无限的慈悲，洗净我的罪孽吧。**

露西娅、路易吉在这座"洞穴"和路易吉父母乡下的房子里生活了三年。没有灯，没有水，没有电。这就是全部。

路易吉

窸窸窣窣：缓慢处刑

路易吉夫妇的床垫是一张"草褥子"，也就是装满玉米叶的大口袋。穷人们大都睡这样的褥子，有钱人则喜欢用羊毛填充床垫。这张"大口袋"是长方形的，两侧长边各留有一条缝，方便露西娅早上起床后伸手进去抚平团成一堆的叶子。夜晚睡觉时，两人的重量都在中间，叶子就容易给挤到两边去。清晨，露西娅一边把玉米叶推回垫子中央，一边回想床垫中央乱糟糟凹陷下去一块的原因。她从整理床铺中感受着安慰与联结，爱的和谐支撑着她，即便那并不是真正的幸福。本节的标题取自乡村里传唱的歌谣，模拟人们做爱时发出的声音。

然而，当她回乡下住的时候，总是早早起床，将床垫挂在家里唯一一个窗台的铁丝网上整理玉米叶。整理褥子的木杈有两个尖头，和干草杈长得很像，不过干草杈是金属的。如果露西娅和路易吉的床垫中间出现了一个令人沮丧的小鼓包，就说明前一晚她和丈

051

夫是分开入睡的。无数个空茫的夜晚，两人各自歇下，露西娅只能徒劳地将失望发泄给路过窗前那条窄街的几缕微风。露西娅的床垫静默着。只有当她对着窗户移动床垫时，床垫才会歌唱。

　　露西娅把满腔爱意都留给了小孩：她在家门口放了一个盛满糖果的盘子，将甜蜜送给路过的孩子们。已婚妇女都该将头发体面地束起来，但露西娅没有。

路易吉

乡下的房子

夫妇二人并没有一直住在"一百里拉"的单人房里,自他们结婚后,镇上的新房就开始翻新,两人更常住在乡下而不是镇子上。

2021年的八月节[1],我走进那座俯瞰山谷边缘的农舍,昔日繁忙的农场只余空壳。刹那间,一种熟悉的感觉将我击中:这里和我多年前常去的一处废墟是如此相似。那地方也坐落在山谷的边缘,就连山谷的景象也和这里几乎一模一样。唉,原来许多事情就发生在我们身上,只是我们自己浑然不觉。

这二十平方米的小空间里睡了四个人,每个人都缩在属于自己的那处,就像鸽子待在自己的壁龛里。四口人的下方还住着两头牛。冬天,牲畜的呼吸能让整个屋子都暖和起来。进门左边是壁

---

[1] 八月节是意大利夏季最重要的节日,庆祝时间为8月15日。

炉，门口再往前两步是一张双人床。夫妻二人的大床和公公婆婆的床铺之间，只有一道白色棉布做成的帘子挂在横梁上，活像一张裹尸布。这尴尬的距离或许已经足以打消夫妻亲密接触的念头，但露西娅和路易吉之间明显还有别的问题。路易吉对这样的生活状态很满意。可露西娅并不觉得。

她怎么就活成了这样？她到底想要什么？露西娅和公婆头挨头地躺着，不由自主地被一股无形的力量所支配，直至在痛苦中入睡。当然，她只在不太饿的时候才睡得着。

如见缩景

露西娅凝视着青灰色的山谷,天亮了。究竟是哪个魔鬼的决定,让她被丢弃在这小土包上?脚下是仍待耕作的土地,她拼命劳动却只能换来一小块面包。路易吉从不怜惜她,只会像赶猪似的用干草杈把她往前推。

而且,他还时不时地突然发火,对她的脑袋拳脚相加。
"所有人都知道他打她,但没人管。露西娅离开后,村里的一些女人还说:'至少她不用再挨打了!'在那个年代,从年轻的媳妇到婆婆,几乎所有女人都逃不过被打的命运。但只为一件鸡毛蒜皮的小事就被打得这么惨,也太过分了……"

房屋坐落在两座青山之间,头上是一线蓝色天空,脚下是草地。露西娅就这么看着。葡萄园里,第一批疯长出来的藤蔓投下绿色阴影。周遭的一切都用力地生存着,如此热爱自己生来的模样,而露西娅却承受了太多打击，恨不得此时此地就从世界上消失，真正地重生一世。如果有这样的机会，她一定从头开始认真面对一切。

也许这是一场考验、一个错误。露西娅向四周的高山，向藤蔓红色的嫩芽，向圣母祈求：圣母啊，但愿这一切只是我人生的一个版本，一个印错了的版本。

路易吉

夜　间

在当地警察的帮助下，我和女儿找到了一家民宿过夜。这家民宿就在我母亲的婚房旁边，被房主翻新成了英式风格，慷慨的房东女士还象征性地给我们留下了一点钱。

干燥的空气里飘浮着绿色的尘土，黄昏暧昧的光线射入街道，眼前的景象流动起来。我曾无数次地描绘这片土地。每一次它都在对我说话。那声音来自青草，来自小麦，也来自耕种它们的身躯。播种，除草，打谷。简单的原料把种子仓和水库挤得满满当当。

微风落在溶溶月色里。夜幕降临前，谷底坦缓的盆地上空呈现出纯净的蓝。人们准备入睡，身体里积攒着暴力。

我面对窗户，凝望着乱石，开始抽每日定量的一支烟。我多想像一棵树一样，内心空空荡荡，栖身于温柔的夜，接受来自万物和行星的声音。可惜我仍有太多情感。

美丽的毒液

露西娅看见[1]
磨盘似的太阳挂在麦田上空
金黄叠上金黄。七月骄阳里
世界仿佛只由光线构成
明朗的清晨,地底有大海波光粼粼

农场与水源的距离
在暑气阻碍下越来越远。露西娅看见
树干分泌出树脂
樱桃树母亲的主脉
在这里分出枝丫,理智
与内蕴,流淌而出。我应当赠与它

---

[1] 书中部分段落的排版与寻常作品不同,均为作者有意安排。——编者注

心中缓慢滴落的毒液，因为这也是

我生命的汁液

露西娅骑着驴

沿崎岖小径来到干净水源，就在托尼诺的水槽边

露西娅看见

夕阳辐射热量

埋头钻进山丘背后的

神秘之地，看见麦子上的阴影和包裹麦粒的香甜糖衣，与枝头的青涩橄榄散发出同一气味，浸满金翅雀

肿胀的喉咙唱出的歌声。圣母啊

宽恕我吧，请允许我

死去。明媚的年轻女子，散发着干草气味的可怜尘埃，岁月待她如此温柔

露西娅的自述
（宣泄和哭诉）

露西娅偶尔从乡下骑驴回到镇上。她在家门口跳下驴背，牵着牲口走下台阶，穿过厨房，把它安顿在厨房尽头的马厩里休息；再横穿过街道，去住在对面的女伴家喝杯咖啡。

刚开始，她的心里还燃烧着屈辱：

"挨打也比像那样一起待着强！就算他是个恶魔也好，就算他会打我也罢！"

露西娅只希望在路易吉的脑海里占有一席之地，被纳入某种确定的关系之中，无论以哪种形式，就是被扇耳光她也认。但她被彻底地忽视了。露西娅叹气：

"你们都这么说，只有我知道自己的烦恼……"

露西娅的眼里总是噙满泪水。她努力忍住向外翻涌的泪，但她的眼睛是透明的，透过那双眼可以看见一切。它诉说着路易吉和他父母的"粗野和愚蠢"。她和吉诺的母亲一起出门时，婆婆会站在马路中间，叉开双腿就地撒尿；露西娅站在一边羞愧欲死。

她去打水时，吉诺在睡觉；她去树下打橄榄时，吉诺在睡觉；她在除草、播种、饲喂家畜、切土豆、烤面包、洗衣服、缝缝补补，在葡萄园锄地时——吉诺都在睡觉。只是当她在葡萄园时，他在橄榄树下睡觉而已。即使她勤勤恳恳为全家人服务，他们也不让她吃东西，有时一饿就是两三天：

"就连鸡蛋都要背着我藏起来！"

就算他们给她食物，通常也只是面包和洋葱，除此之外再无其他。无缘无故的惩罚令露西娅日日生活在惊恐、不安和精疲力竭之中。就连采收橄榄，他们也要求她手工操作——明明用网兜、竹竿和篮子工作，能让她省下十倍的力气。但那些小地主阶级才不会原谅曾被她拒绝的耻辱，他们就想看着她像骡子一样疲累不堪。不过，他们也有可能只是单纯地吝啬，不愿把工具拿出来给她用。总之，露西娅整天生活在这些狭隘的想法之中。

露西娅的不幸人尽皆知，村民们也都知道她每天都请求父母带自己回家：

"我在家里时，曾是一位文雅的女子；而现在，我只是一名女仆！求你们让我回家吧，我现在怎么服侍他们，就怎么服侍你们……"

"一旦结成夫妻，就得在一起。"

露西娅的父亲回应道。生活就是这样，一个结还没解开，又缠上一个结。母亲也知道，露西娅连婚礼都不算圆满完成，但现在木已成舟。懒惰的吉诺经常毫无理由地殴打他的新婚妻子，仿佛"其实是为了殴打婚姻"。然而，拥有决定权的永远是男人。或者说男人总是对他人的评价很在意：

"大家都是怎么说我的？"

"你家里人都挺坏的。"

"村里的一位老妇人说：'这可怜的女孩承受了太多苦难，而她受苦时你才会觉得自己被尊重。'"

七年。七年过去了，错误像雪球一样越滚越大，露西娅与路易吉的家人住在同一屋檐下，由此产生的问题越发尖锐而激烈。连吉诺的家人都忍不下去了，**这女人**还没屈服。有一天，露西娅哭着敲开了一位女伴的门，低声下气地祈求。

"她告诉我她已经两天没吃东西了。她跟吉诺和婆婆一起住在乡下，实在饿得受不了，就稍微提高了点嗓门抗议。他们在争吵中拿干草杈指着她，她实在太害怕，就逃跑了……"

写到这里，我中断了叙述，用荧光笔标记并写下一句评论：露西娅十分害怕死亡。

"我给她做了个三明治，她马上就离开了。她不想让他们发现她在我这里,不想连累我……"

干草杈本是移动和装填干草的工具,由一个木柄和长约三十厘米的双头铁叉组成。眼下,露西娅的生活就是这样:父母还在世,但她是一个被遗弃的女儿。

葡萄园的故事

天真的小女孩已消失不见，取而代之的是一个棕色皮肤的女人。她在葡萄园的橄榄树下锄地，冬日的光线打在她身上，形成一个白色的十字。

露西娅在地里劳作时，穿的是一种钉鞋，鞋底钉满马蹄形的方头钉。这种鞋特别重，走在地板上会打滑，还会发出噪声，但这双鞋在满地泥泞和呼啸的狂风里已经搓磨了十多年，鞋底也没有损伤分毫。

微风时断时续。一阵风过去，山脊突然降下暴雨。就在露西娅将堵住水流的树叶从水渠里挖出去的当口儿，风从她背后升起。水流躲开了障碍物，但她没有。

绝对狂怒的风。平地吹起的风。来自社会的风。而她，站在风暴中央，穿着一身黑衣锄地。露西娅被狂风抽打着。她的目光中背负了太多，那是矿物般坚硬、石头般沉默的目光，是驮着重担的牲畜般的目光。

露西娅站在一月的雾气中，用拨动念珠的手势捻碎土块，准备种下樱桃树。她盯着渴望滋养的树根，感觉地上细碎的泥土扑到脸上，感觉雾气环绕着她的肩膀。她就像一根树干，伫立于大地之上、万物之中。整个人是放空的。

一月的阳光穿过苹果树和打谷机，把一切都蚀得锈迹斑斑，万物在北方的孤寂中慢慢氧化。它们都是惰性物质。

露西娅观察着树干上的苍蝇，
生命的运动以微观形态存在，时间从树干中心开始环状叠加，已经过去了无数个世纪。环状纹理上方，一层已经死亡的树皮记录着树干的伤痛，那是时间
落下的薄壁。露西娅看着炭火熄灭，感受时间
流逝。又一个无意义的日子
结束了。露西娅
松了一口气。
匠人雕琢象牙，时光雕琢白桦，白骨般的森林被塑造出一种奇特的稳定性。万物中的一个范例。

人人皆知，这里生长着玫瑰，

露西娅呼吸着

毒化的枝叶散发出的深沉气息。腐烂的冬天。阴雨下了千百年。湿气

浸入骨髓。还有鸟群的窃窃私语。

从她走后，那块地就荒废了。露西娅曾为之抛洒热血的土地已无人耕耘。那块地冬天很容易让人滑倒，没有台阶，只剩光秃秃的黄土和小麦留下的根。

小麦的根太细，无法固定土壤，但它们能缠成一团，形成土块。土块滑下山谷，拖累露西娅的劳作。

露西娅就留在那里。那是世界的尽头，属于山谷的印象是巨大的呼吸声。

我是来接你的，现在的我年龄比你大一倍，
我过着或许你也为我设想过的生活，我正看着你。
现在我来接你了，我来带你走。
露西娅，把手给我。

路易吉

快乐的声音。
请告诉我你听过她的笑声吗？

那时，露西娅常能听到女友和小孩们的欢笑声。有一个叫玛丽亚的小朋友，她的脸蛋总是红扑扑的，露西娅称她为"粉色脸蛋的小女孩"。她说，她总是对着自己笑：

"那一天，我在电视上看见你（以防有些人没能记住那个神奇的巧合，我再重复一遍，那天是2021年2月16日星期二，露西娅的冥诞），就觉得有些奇怪。我一般不看电视，只听一听声。但那天，我也不知道怎么就看了……好像有人牵引着我的思绪，对我说'看哪！'……当你出现的时候，我一下跌坐在沙发上，免得晕倒。我好像回到了六十年前，又看见了你母亲的身影！"

她们向我讲述自己的记忆。我吸收着每一条讯息，就像沙漠中干渴的人啜饮清水。我开始隐约地看见边界，感到一丝不安。

她们向我描述露西娅初来村里时的穿着打扮：一件阿斯特拉罕小羊皮做的黑色披肩领大衣；一条绿色混米色的羊毛紧身格子裙，搭配短袖羊毛衫和绿色外套；一双黑色漆皮半跟鞋。

露西娅举止优雅，即使是陪公婆骑毛驴，举手投足间也十分得体。她很在乎自己的形象，即便是假的珍珠项链，她也会戴上一条。

露西娅向往着更好的生活，不想被禁锢在苦难和欺侮之中；她想被看见，也想向前看。前方是国外，那几年，几乎所有年轻的夫妇都涌向北方：有的去了德国，有的去了比利时，有的去了法国。

她和他说了一千遍"我们走吧"。

他说了一千遍"不，我们在这里挺好的"。

不用下地干活的时候，露西娅无聊得坐立难安。她只得将自己的生命、力量和青春浪费在织羊毛上，她用钩针把羊毛解开，再把解开的羊毛编起来，然后再解开，再编织，以免让自己闲下来。时间就这样溜走了。

这里曾经有一棵橡树，现在已经不在了。橡树下曾经有一个棕色皮肤的女孩，她拿着一块羊毛边织边拆，现在也已经不在了。

路易吉

新房子：一切都焕然一新

1962年，镇上的新房子终于修好了。这栋房子的卫生间就在进门左转的地方：墙内生生挖出一个一米乘两米的洞，里面只安了个坐便器。

踏进大门，面前是一段楼梯，通往一楼的厨房。厨房里有一张桌子和两把椅子，壁炉被安置在最远处的墙面上。左边是水绿色的橱柜，和我在2021年8月14日擦过的桌子是配套的。沿着右侧围墙看过去，有一扇落地窗，打开便是阳台。厨房左侧是卧室，双人床和床头柜都靠承重墙摆放，衣柜挨着前方的墙体。卧室里所有的家具都是实木打造的，圆角，装饰着雕花把手。天光从左边的窗户透进来，把一切都照得亮堂堂的。这里本来是屋子的尽头，但露西娅还买了一个小小的双开门衣柜，里边有一面全身镜，光线照进来的时候，空间变得敞亮了不少。

每到星期天准备做弥撒时，露西娅就会穿好她那双白色婚鞋，戴上金项链和耳环,侧着身子下楼。她的鼻梁又细又长,下巴坚毅,身材如少女般纤细。关于她孩子般闷闷不乐的情绪,我已经写过好几次了。她的皮肤很有光泽,瞳孔的颜色会随着心情和阳光的变化而改变。有时,她的眼睛就像晨星一样闪亮;而当她兴奋起来时,瞳孔就会变成老虎的黄色。她有一头茂密的深色鬈发,虽然已经结婚三年,她还是把长发披散在肩上。

露西娅非常虔诚:即便是乡下农忙的时候,她也会在周六晚上回到镇上睡觉,从不缺席弥撒。星期天早上,她认真洗漱打理自己,穿上只在周日穿戴的礼服。这件衣服我也着重写过了,上面点缀着小花,散发出刚洗净的味道。关于她身上的香味,除了洗手液那略带咸味的香气,无法知道更多的情况。只有一种极其微弱的气息,像紫罗兰,像薰衣草,从时间的黑暗中升起,就像从一千零一世前关闭的抽屉底部升腾而起一样。

露西娅的身材特别纤细,她的婚纱可以给九岁的侄女劳拉作为出席第一次圣礼的礼服。

"我把这里收紧一点,把那里也再收一点,下摆这里可以缩短一些……"

露西娅会缝衣服,还会绣花。冬天,当乡村沉睡时,她就坐在织布机前纺布,有的是没有花纹的台布,有的是铺在地上晾麦子和杏仁的双股线布。布面的花纹有时是月桂树枝,有时是常青树。

路易吉

露西娅与海

  大海一定给她留下了深刻的印象,泰尔莫利市也是。这座城市高高地耸立在海平面之上,钢筋混凝土筑成的楼梯通向市郊,那里有狭窄的小巷,还有床单铺展开来一样顺滑的海面,只偶尔被

  几个出水口打破平静。水流冲向海面的木桩,发出浪花冲刷桥拱的声音:激浪拍岸,绳索、木板和长杆组成的防波堤随着海面上下浮动,就像一只只长腿蜻蜓,飞越

  风化的岩石、毛茸茸的海藻和坚固的贝壳浮雕组成的

  五彩水面。露西娅,我为你选择了诗人乔治·卡普罗尼送给母亲安娜·皮基的清丽诗句。你,露西娅·加兰特,你是优雅的诗,也是令人不安的诗。

  结婚四年都没有孩子,这必然是女人的错。不能生育的女人没有任何价值,可以说与死物无异:

  "你去泰尔莫利看看医生吧!"

二十世纪初，利用温泉提高怀孕概率的方法在医疗互助群体中迅速流传。据传闻，矿物温泉可以激发生育能力，浴场里便泡满了期待子嗣的家庭。二十世纪六十年代，人们对矿化水的作用越加深信不疑，就连索菲娅·罗兰也在六十年代末公开表示萨尔索马焦雷的温泉水对自己十分有益。

好在人们都使用温和的非侵入性疗法，比如连续熏蒸一周，在下腹部和内裤裆涂抹淤泥（盆腔敷泥），还有在富含硫黄、氯、溴、碘的水中泡澡。据说这些物质能促进子宫血液循环、增强卵巢功能，还具有消炎和平衡激素的作用。最后，从机械原理的角度也能解释通：通过纯水压作用实现深度冲洗，有助于疏通粘连，打开想象中假定已经闭塞的输卵管。

露西娅出发了，她换乘了三趟车去海滨浴场，让自己裹满泥巴，被湿气浸润，承受水柱的冲刷。为了在矿物水池里泡澡，露西娅还买了一套泳衣。矿化水穿过烙印着地球历史的层层黏土，从黑暗的地底冒出头，来到这个婚姻不幸的女人的故事里，暴露在阳光下。露西娅滑进水里。水流如野兽般活泼，绕着

露西娅裸露的身体和铺满史前蕨类的石头打转。清澈的水缝补着女人平凡又悲惨的创伤，当水流触及身体，那些因不爱撕扯出的伤口开始愈合。预言中的水溶解了恶意，就像溶解一撮恶毒的盐。露西娅买了一套泳衣。这不是冗余的重复，而是再次强调，这个动作的意义到最后会显现，如同许多事情一样。

现在，每一天简简单单结束过后，露西娅就在傍晚时分去海岸远眺，

斑斓而透明的光照进她的眼睛，映出瞳孔里森林的颜色，交织着

延绵不绝的水流

和自然的痕迹。微风平稳地从陆地吹向夕阳，霞光偶然映射入画，平平地贴在地面上。一切都是动态的，从她眼里溜走的那个摇篮也是。圣母玛利亚，请赐予我一个孩子，一个可以拥抱、可以安慰我的

鲜活的生命。生命在水流之前向世界敞开怀抱。港口广场上，棕鸟或长或短地排成队列，视野从鸟群延伸向大海。精准无比的时光机器将太阳均匀地铺洒在海平面，把大海变得那样耀眼。

你就像湖边的夹竹桃，面对着湛蓝而慷慨的湖水，

你就像彩灯点缀的节日

和败北的黢黑。倾听自己的内心，露西娅，也听引擎的轰鸣，听寂然不动的船锚发出的扑通声。你的世界在不属于你的床单中消失，

你在自己的心跳声中入睡，终于独自一人。

朱塞佩
GIUSEPPE

朱塞佩

他的出现

朱塞佩·迪彼得罗，1909年7月5日出生于塔利亚科佐。大约在1960年之前，朱塞佩与妻子阿妮塔·斯坎萨尼带着一个女儿和四个儿子长期居住在内图诺。那时，他最小的儿子只有十岁。朱塞佩显然应当对生活感到满意，他从一名杂工做起，最终成立了一家小型建筑公司。

某一天，朱塞佩和许多人一起去了非洲。

就连朱塞佩的亲人也记不清他被送去参加北非战争的具体日期。不过，他最小的两个儿子出生的时间间隔很久，结合1965年6月29日的《团结报》[1]，可以提出一个简单的假设：朱塞佩的第三个孩子里齐耶罗出生于1939年，而他的第四个孩子乔万尼则是十年之后（1949年）才来到这个世界上的。如果我们认定前三个孩子

---

[1] 意大利共产党官方报纸，1924年由安东尼奥·葛兰西创立，后支持左派民主党、左翼民主人士及民主党。2014年停刊，2015年复刊，2017年再次停刊。

的出生像自然周期一样有规律可循,便可由此推断,孩子的父亲在1938年之后才离家,而且离开后十年未归。在此期间,他大概率受到了严格的监禁。

孩子们的出生日期可以证明,朱塞佩·迪彼得罗应该没有参加意大利对非洲的殖民侵略。在那次侵占行为中,二十六岁的因德罗·蒙塔内利被任命为当地一支青年部队的指挥官。他和一个比伦族男人达成了一笔交易:蒙塔内利每隔一段时间就付给他一笔钱,那个男人将自己十二岁的女儿卖给他当妻子。许许多多的女孩被父亲卖给侵略者或者随便其他什么人,而那个叫法图玛或者德斯塔[1]的孩子只是其中一个。

朱塞佩应该也没有参加亚的斯亚贝巴(阿姆哈拉语中意为"新花")大屠杀。在墨索里尼的胡言乱语下,许多意大利人对自己的种族优越性深信不疑。1937年,埃塞俄比亚人对几名聚集在意属东非总督鲁道夫·格拉齐亚尼周围的官员投掷手榴弹,火鸡般趾高气扬的意大利人深感被冒犯,做出惊人的过度反应:他们在不到三天的时间里(1937年2月19日至21日)屠杀了约一万九千名无辜的人,许多平民被活活烧死、绞死,妇女和孩子被拳打脚踢、被棒打、被冷酷地枪杀……法西斯行动队深信自己面对的是一群低等人类,这些组织常用的做法,终究将他们变成了十恶不赦的罪人。

---

[1] 因德罗·蒙塔内利是一名记者、作家,1935年作为军官参加对埃塞俄比亚的侵略战争。在此期间,二十六岁的蒙塔内利与一名年仅十二岁的当地女孩长期发生关系。在一次电视采访中,蒙塔内利宣称自己"时不时给她父亲一笔钱,将她买作自己的妻子"。女孩名叫法图玛,蒙塔内利在一篇文章中将其称为德斯塔。

不过，根据推理的时间线，几乎可以肯定，三十三岁的朱塞佩·迪彼得罗参加了北非战争中至关重要的两次阿拉曼战役。战场设在巨大的盖塔拉洼地边，一万八千公里的盐沼上覆盖着一簇簇芦苇和各种多年生草本植物，盆地深陷于海平面以下一百三十三米，猎豹般安静又晶莹的眼睛四处梭巡。

阿拉曼战役也是墨索里尼一手策划的。墨索里尼不满足于意大利在埃塞俄比亚和利比亚的扩张，这心态与纳粹的想法一拍即合，他们希望从英国人手中夺回埃及，开辟通往中东石油国家的高速公路。事实上，希特勒的梦想是称霸全球，而埃及只不过是其中的一小部分。成为全球霸主的幻想就像地狱恶犬一样扎根在这位领袖的脑海里，让他不惜动用一切手段（包括牺牲许多人的生命），甚至试图将苏联和英国逼入进退两难的境地。众所周知，金钱与权力的结合常被粉饰为迸发的民族自豪感，如今看来这仍然是显而易见的恶行，被谎言冲昏头脑的人们却不断为此做出徒劳的牺牲。二十世纪，恶魔之舞带来的是身体冲突；而今天，则是市场波动举起看不见的金融镰刀，挥向人们头顶。为了控制未来的走向，货币掀起阴谋和风波，受害者们堆积在正史的两侧，在睡梦中遭受痛击。

1940年9月13日，虽然时机尚未成熟，墨索里尼仍强行命令鲁道夫·格拉齐亚尼再次将重心转向征服埃及。尽管那时格拉齐亚尼将军的事业已经开始走下坡路，但他的声名是由残暴堆积而成的，队伍没有遇到任何抵抗，顺利向内陆深入推进了一百公里。三个月后，格拉齐亚尼率领的意大利军队于12月9日被英军击溃，英国将注意力转向希腊。墨索里尼早在10月底就下令向希腊发动全面进攻，为支持自己不堪重负的法西斯同谋，重新平衡轴心国与盟军之间的实力。1941年2月底，希特勒派遣以闪电战闻名的埃尔温·隆美尔将军率领他的机械化部队"非洲军团"前往埃及支援。

两年之内，隆美尔凭借自己的应变能力和大胆、迅速的指挥风格连续重挫英军，英式装甲车的履带差点在北非沙漠的岩石上全数断裂；不过，隆美尔也表现出了自身缺陷——他的战略思维并不像伯纳德·劳·蒙哥马利那样广阔。同一时刻，冰雪聪明的蒙哥马利已经接手了英国第八集团军，我们已经在前文中描述过他后来获得的胜利。

1942年7月的第一次阿拉曼战役和10月至11月的第二次阿拉曼战役都以德意联军的失败告终。这支队伍由于长期缺乏食物、水、弹药以及飞机和坦克所需的燃料，早已疲惫不堪。其实，1941年6月纳粹法西斯再次占领图卜鲁格时，如果希特勒没有犯下阻止隆美尔与英军争夺马耳他的错误，那些物资本可以通过马耳他运送到德意联军手上。与此同时，他们对抗的英国部队拥有美国军工业生产出的最现代化的装备。然而，即使是装备精良的英军，也需要动用大量精力与未知的自然、严酷的沙漠和冰冷空旷的大地斗争。战争不仅仅是人类的行为，更会酿成一连串需要面临的后果。

由于将皮靴等常规装备都卖给了的黎波里的贝都因人，意大利士兵只得拖着帆布鞋面、硬纸板鞋底的皇家陆军运动鞋沿着北非海岸线，在沙石上行走。一阵热风袭来，黄沙如巨人般拔地而起，高温和强风把他们吹得头昏眼花。每个人身上都围着一群恶心的苍蝇，扰得他们连最简单的一餐饭都没法吃，更别说锡制饭盒里的口粮在高温下已经有点馊了。人类很难适应高达五六十摄氏度的气温，很多人开始在大白天产生幻觉，甚至看到海市蜃楼。如此高的温度，倒是方便了在坦克的散热器上煎鸡蛋：装甲外本来巧妙地覆盖了一排沙袋，既能缓冲英军坦克最致命的打击，同时也往往是珍贵的粮食储备，在沙袋没有遮盖住的盲点部分，裸露在外的金属被晒得滚烫，完全可以当平底锅用。每个意大利士兵能分到的水少得可怜，而且存水还是从装过粗汽油、汽油或者柴油的桶里倒出来的。很多人最后直接从坦克的水箱里找水喝，这样还好点……结果，包括隆美尔在内的所有人都患上了急性肠胃炎和无法控制的痢疾，他们每天分泌无数黏液和血液，却没有卫生纸可用。

夜晚，寒冷如针尖般刺向海绵一样柔软的骨髓。大约是出于卫生原因，步兵们不得不端起喷火器，在一望无际的旷野上将阵亡战友的尸体烧得干干净净。

英军有波兰人最新发明的轻型金属探测器，而意军不仅没有探测器，连弹药也不足，只能一边步行，一边用匕首在沙地里寻找英军埋下的地雷，再用来对付埋地雷的人。如果在人探测到地雷之前，地雷先感应到了人，那么他就只能留下一节干净到可以直接作为解剖学标本的股骨。人们没有办法转移雷区的伤员，只能看着战友在眼前倒下，在烈焰烧灼中大量失血，在痛苦中乞求等不来的援助。战友的哀号折磨着每个人的神经，但战士们仍不断地挺身而出，他们英勇地躺在英国坦克的履带间，将炸药塞进行驶中的坦克腹下，再尽量在爆炸前连滚带爬地跑开。

墨索里尼，这位生于普雷达皮奥的、下颌方正的领导人，派出他的人民去战斗。人们在炮火、硝烟、尘土和污垢的地狱中挣扎，在大炮、坦克、轰炸机、霰弹、手榴弹和燃烧瓶之间冲锋。电影教育联合会[1]的资料片记录下了他们的影像：雄壮的凯旋游行昭示着盛大的胜利，而喜气洋洋的背景下，却是一系列只能用眼泪和痛苦、痛苦和眼泪来形容的画面——人们在战场上匍匐前行，他们的头盔被汗水反复浸透，他们的生命被挥霍、被浪费，而下达那些战略指令的狂人却只是围坐在桌前，利用武器、宣传手段、广泛分布的罪犯窝点和人们发自内心的共识号令他们前进。在独裁者看来，人民是幼稚的，甚至是没有个性的，所以十分容易被利用。没有一个暴君会尊重他的人民，他统治这群人只是因为他们需要一个暴君，这个民族被自由所带来的责任吓坏了，于是他们自行构想出一个幼稚简单的世界，会有一个铁血手腕的暴君式人物领导他们，像大家长一样告诉他们该怎么做。

虽然领导者获得了人民的支持，意大利还是缺乏兵源补充，在非洲战场参与战争的士兵只能每六个月轮换一次。努力生存下来的

---

[1] 一家意大利股份公司，1924年在墨索里尼的命令下成立，致力于通过传播电影达到公民教育的目的，是法西斯政权强大的宣传工具。

意大利士兵不断向法国战俘和英国战俘学习。那些被分散关押在沙漠各个角落中的法国人和英国人以面包和煮萝卜为食。他们的工作是敲碎石头铺路，有的也会被飞机运往其他大陆。

朱塞佩·迪彼得罗大概是不知情的。他就像一只一无所知的蚂蚁，被要求在一群一无所知的蚂蚁中制造混乱。法西斯记者将对手描述为"无法制服的步兵"，其实他们只是一群被干渴折磨得不成人形的男人和男孩。这些可怜人为了求得几滴水追着坦克跑，吃着第一次世界大战中留下的罐头，用白兰地酒自我麻痹，将血肉之躯投向钢铁制成的子弹、地雷碎片和坦克。1942年10月23日，英军发动阿拉曼战役，在数千门大炮和持续不断的手榴弹轰炸下展开大规模的致命进攻。满月照耀着平原上被烧成焦炭的身体，半死不活的士兵眼睁睁看着自己的内脏散落在沙地上，苦苦乞求。英国人冲破了德军的前线，却无法突破意大利人的防线；因此，他们绕过战壕，从后方攻打意军。没有什么可补充的了，一切都结束了。

其实，11月2日晚上，战败的结果已经很明朗。如果希特勒那时就准许了隆美尔撤退的请求，很多生命本可以得到挽救。然而，这位国家首脑此时反而叫嚣起来："抵抗到最后一人！要么胜利，要么死亡！"好像接受军令调度的只是手上的玩具士兵，被打得灰飞烟灭的并不是活生生的人。为了掩护自己的部下撤退，希特勒命令没有机械化装备的意大利步兵部队拦住英军的坦克。这是真正意义上的螳臂当车，士兵们只能绕到坦克后方放置炸弹，点燃引信。

蒙哥马利获得了一场冷酷、清晰、可预见的胜利。这场战争的最终死亡人数为九千名德国人、一万三千五百名英国人和一万七千名意大利人。

由于希特勒的固执，在最后二十四小时的战斗中，约一半作战人员在沙漠中英勇却徒劳地丧生。他们没有食物，没有水，也没有时间睡觉，在弹药已经耗尽的情况下拖着4732轻型炮在沙漠里行军。本属于精锐伞兵部队"闪电师"的小伙子们成了步兵，面临在沙漠里徒步行军四天撤退的任务。最后一天，他们只能依靠从天而降的雨水解渴。英军没有再开枪，而是把战斗的荣誉留给了那些被遗弃的、终其一生孤独战斗的士兵。

阿拉曼战役顺利地改变了世界的走向。这场战役奠定了纳粹的落败，遏制了德意对苏伊士运河的野心，英国得到地中海的控制权，为盟军在西西里岛登陆打开了突破口。

从我们假定朱塞佩回国的日期看，他可能还参与了1943年5月13日结束的突尼斯战役。那场战役后，墨索里尼亲自命令乔瓦尼·梅塞将军投降。

无论朱塞佩是在阿拉曼战役中落败，被关在了英国集中营里，还是在突尼斯投降后被移交给了法国人（朱塞佩遭受的折磨和我的养父如出一辙。我的养父，共产主义者贾科莫·卡兰德罗内，在自愿参加西班牙打击佛朗哥的内战之后，遭受到了法国极右组织"卡古勒"[1]的殴打和折磨），1947年2月10日《巴黎和平条约》签署后，朱塞佩大概率被遣送回国了。也许他就是乘坐"加里波第"号巡洋舰回国的人之一，天知道这些死里逃生的人从甲板踏上塔兰托的海岸时鼓起了多大的勇气。他们终于回来了。

朱塞佩也回来了。不过，他可能甚至根本不了解这场毁掉自己人生的战争。总之，对于那些经历过战争的人来说，无论他们为哪一方战斗，那些无法忍受的景象所带来的痛苦，以及后来出现的各种创伤都无可避免、无法磨灭。那一刻，他们只能服从和行动，按照人性允许或者要求的去做。

---

1 "卡古勒"是一个法国极右翼恐怖组织，成立于1936年，旨在通过暗杀、炸弹袭击、破坏军备等暴力活动加剧政治不稳定。

阿尔及利亚碎片

我们没有找到能够证明朱塞佩参加过战斗或是被俘的目击者。由于缺乏直接的证词和记忆，朱塞佩身上的伤成了至关重要的证据。我尝试借用诗人维托里奥·塞雷尼的记录来审视朱塞佩的经历：维托里奥·塞雷尼，战俘，1947年出版自传体诗集《阿尔及利亚日记》，描写了被关押期间的生活。其中一首诗写道：在窗帘敲打柱子的乐声中，"死于战争与和平"已经令人满足[1]。我充满信心地在诗歌中找寻历史，因为我深信，诗歌就是对修辞和神话的超越，甚至是颠覆。

你，我的生命，如果你能救赎自己
就能掌握自己的未来

---

[1] 维托里奥·塞雷尼（1913—1983），意大利诗人、作家、翻译家，1941年被征入伍迁往北非，1943年被俘，关押在阿尔及利亚。他在诗歌《他无知无觉，他展翅高飞》中提到，战俘营里没有天使的音乐，只有窗帘敲打柱子的声音。他已满足于这种声音，并祈祷"死于战争与和平"。

朱塞佩

哨兵站岗的地方
苍白的幽灵在微笑

在命令和召唤间
在武器的重负下
我失踪,我死去

如果毁灭咆哮着经过
我们就是压扁的躯体
毫无尊严,仰面朝天

壕沟里的士兵
被枝叶掩盖
仿若谈情说爱

我看见人类的肢体
翻转扭曲

看见欧罗巴严峻的脸,看见母狗耷拉嘴角
伸出前爪趴在那里

——衣衫褴褛,赤脚
骑在驴背上,却戴着

非洲的头盔

一名和我一样的囚犯

很快消失在山丘背后

帝国还剩下什么……

一个人背负着世界的伤痛

在米兰阳光明媚的冬天、蓝色的圣诞窗户之间

把它当作故事讲述

如果

我们当时的狂热爆发

只会留下屠杀、酷刑、监禁

以及在虔诚中赴死的人民[1]

无论朱塞佩在非洲看到了什么、做了什么、遭受了什么,全家人都认同他的妻子阿妮塔的话:

"从非洲回来后,我的丈夫就不再是他了。战争改变了他。他变得不再可靠,他追求所有女性。"

跟许多人一样,朱塞佩暴露出人类可耻的脆弱性。换句话说,他已经失去了理智。

---

[1] 摘自维托里奥·塞雷尼《阿尔及利亚日记》,1998,朱利奥·埃诺迪出版社,都灵。——作者注

朱塞佩

1962年，友好的外地人

　　回到家后，朱塞佩心绪不宁，精神状态也不太稳定，但干活还是一把好手。二十世纪五十年代末，他一度陷入严重的经济困境，颓废了几个月后，又收拾好心情开始工作。据他的妻子回忆，朱塞佩受雇于首都罗马一家名为"热那亚房产"的建筑公司。那时，罗马有无数建筑项目正在进行中，朱塞佩就在其中一处工地当包工头。这世界就是这样，新的事件不断发生，人们总能从中找到活干：泰纳利亚公司要在莫利塞建造一条引水渠。这是一项大工程，需要在圣贾科莫-德利斯基亚沃尼和帕拉塔两地建造水库、管道网和污水处理系统。朱塞佩全身心地投入这项工作，把长子弗朗切斯科留在家中。弗朗切斯科当时三十一岁，身体机能因严重的肾炎而受损，只能在家休息。男人的责任是工作，一家人的健康问题则由母亲考虑。

　　工程承包公司尽可能做好所有分内的事情，还为工人提供了崭新的木板，以作他们搭建脚手架和沟渠的临时围挡。朱塞佩担任工头，具体负责帕拉塔水库的建设工作。1962年年底，水库竣工，建筑主体呈六棱柱状，红砖砌成垂直的围墙，横梁的颜色是鸽子灰。这座水库现在被帕拉塔人民称为"水库陛下"。

有一张记录水管铺设挖掘工作的照片，不知道被谁手写了个"造林工地留念"的标题，误传了照片场景。照片是在室外拍摄的，朱塞佩带着年轻的学徒站在岩地上，旁边是一个长方形大坑，坑里有八名穿衬衫的工人，正放下镐头拍照。工人们的毛衣和外套面朝下摞在两堆光秃秃的石板上。我猜，照片拍摄于1962年初秋，因为工程已经进展到旷阔的原野上，尚未施工的区域还是棕褐色的，保留着夏末特有的美丽。两个工人戴着帽子，帽檐在额头上留下一片小小的月牙形阴影，他们的皮肤红得像初生的婴儿（也像刚做完冰点或者蜜蜡脱毛的成年人）。坑深刚好及膝，站在里面的工人有几个上了年纪。劳动者的脸庞严峻而英俊，被阳光晒得有些干燥。朱塞佩是照片里唯一穿外套的人：他穿着深色双排扣外衣和宽大的浅色裤子，手里拿着笔记本和笔，黑色头发剪得很短，胡子也精心修剪过，看起来像是个注重外表的男人。他也是照片里唯一没怎么笑的人，他略微侧身低头，左手拿着翻开的笔记本，右手放在纸页上。朱塞佩的身上散发着脱险后的人特有的欢快气息。

2021年8月24日，亲爱的索尼娅为我在马切拉塔省的圣吉内西奥市准备了一个舞台，和我围绕《安慰》一书展开对话。安东内拉夫人加入了我们的对谈,并写给我一封感人至深的信。她先是表达了得知我安好的喜悦之情,因为在她的脑海中,那个被亲人抛弃和拒绝(之后我们就会看到)的小女孩就像幽灵一直困扰着她。然后,她写下了这段话:

"那时我很小,还没上小学。有一天,一群人在我家附近挖地,说是会给我们输水过来!我从哥哥的笔记本里撕了一张纸,往里面撒了点白糖,坐在屋前小心地舔着我的糖,向他们炫耀我珍贵的所有物——纸里包着的一小点白糖!坐在推土机上的男人与我视线相交,他意识到小女孩想展示自己有好东西,于是给了她一根香蕉!谁见过香蕉,谁吃过香蕉啊!!于是,妈妈便请他吃了茄子酿:'那个推土机上的男的!你过来,我们也送你一盘吃的!'"

除了和小女孩比好东西、用香蕉换茄子之外,在挖掘工作的间隙,朱塞佩还会到处干泥瓦匠的活。朱塞佩和"一百里拉"吉诺完全相反,他充满活力,喜欢工作,一有空就尽情发挥想象力。他为人夸张又大方,看起来有点自负,受古斯塔夫·克里姆特《生命之树》的启发,朱塞佩用树枝和彩色混凝土装饰了一栋小别墅的外楼梯和阳台,还在外墙上绘制了《生命之树》的复制品。

最后,就像所有热情开朗的人一样,朱塞佩还喜欢音乐。由于在户外工作,朱塞佩经常在广场小酒吧的自动点唱机上放歌,他喜欢把音量开到最大,从大清早听到下午工作结束,星期天也要放。他喜欢卢恰诺·塔约利那首动情的探戈《吉卜赛小提琴》,总是听这一首。

旋律从窗户飞入，充斥着周围的房屋，扰得正在削土豆做晚餐的女人心慌意乱，也让在脸盆边洗手、冲脖子，刚洗净一整天灰尘和油脂的男人躁动不安。

就连皮埃尔·保罗·帕索里尼也喜欢《吉卜赛小提琴》。他的电影作品《罗马妈妈》中，罗马妈妈重新找到自己儿子的一幕，两人就是伴着这首曲子跳舞，一边旋转，一边用自嘲掩饰大笑和激动。儿子埃托雷坐在地板上说：

"该死！我都做了些什么蠢事啊！"

教儿子跳探戈时，安娜·玛尼亚尼饰演的母亲在唱片机上播放的是小何塞童声演唱的《吉卜赛小提琴》：这一版本略微走调，带有明显的西班牙语发音，却也更加迷人。在这部1962年上映的电影中，孩子的爸爸是个多愁善感的恶人，《吉卜赛小提琴》也是他经常唱的一首歌。

朱塞佩

1963年，结束挖掘工作后的生活

　　修建水库的一年里，朱塞佩十分自然地融入了当地的小社会。人们给他起了三个外号：朱塞佩师傅（根据工作的称呼）、佩佩先生，还有"罗马人"（以表达对他来自拉齐奥大区的尊敬）。从照片中我们可以看见，朱塞佩总是穿着长裤、衬衣和外套，以绅士形象示人。他待人友善，深受大家欢迎，从他手里领过活的年轻人回忆起他时，都对他充满喜爱之情：

　　"我们这里的人都叫他朱塞佩师傅。你看这个阳台，这就是他做的，大概花了一个月的时间！我爸爸给他当过泥瓦工，我弟弟也记得他。弟弟那时候大概九岁，佩佩先生每天都给他五十里拉当零花钱。不过，能和我爸相处得这么好，他一定也是个无赖吧！"

　　水库的大型项目结束后，佩佩先生留在了他在帕拉塔租的公寓里。他先是在当地一家修理房屋的小公司当泥瓦匠，但很快就有了自己的生意，还给当地的年轻人提供工作。那些年，帕拉塔根本不缺事做，因为家家户户都习惯在房子的外面砌一圈围墙，圈出一片空地当小型车库或者仓库。而且，很多人家进门就是楼梯，厨房和卧室在楼上，厕所却在一楼。这些房主相继决定把卧室的窗户封起来，在后方隔出一个带小阳台的房间，以及一个真正的带浴缸、盥洗台和坐浴盆的卫生间。露西娅和路易吉的家就是这么改造的。

朱塞佩把露西娅卧室的墙体敲碎，给她重新砌了一面墙。

也许她会到家里来检查工程进度，或者带来一些装饰材料，可能是一个把手，也可能是一块希腊回纹风格的花砖。我能想象，除了材料，她还留下了一道目光。一道笔直的、干净的、惊讶的目光。她遇见了他。命运的事情，发生的那一刻立马就明白。剩下的都是多余，是心理因素。

朱塞佩对待女人很有一套。不羁的眼神，痞气的歪头，似笑非笑的表情，卷起的袖子，内搭背心。朱塞佩和露西娅的父亲惊人地相似，但他总是面带微笑，充满活力，而且十分殷勤周到。

"我可以请您喝杯咖啡吗？"

露西娅和朱塞佩在刷得锃亮的厨房里谈话。她看见橱柜的玻璃门上映出自己的脸，有点认不出自己了。

有时，露西娅会给他倒一杯她新酿的红酒，新酒喝起来有烟熏味，口感像水一样顺滑、清爽。下一次，他就会为她带一朵花、一块甜点，表现出对她的关注。露西娅不习惯这样的关注，她笑了起来，眼神认真又清澈。她的表情藏不住秘密，就像小孩子一样。这一切发生时，朱塞佩对露西娅的生活丝毫不了解。对于他而言，她只是又一个被引诱的漂亮女人，谁知道她是被他吸引，还是被九月甜蜜的空气所蛊惑了呢？

盲 目

"要是知道没人碰过她,我也不会尝试的!"

"如果我知道她还是处女之身,我绝不会这么做。"

朱塞佩轻率又有点不安,向一个又一个朋友讲述故事的各种版本,消息很快传遍了整个村子。

但露西娅视而不见,听之不闻。她只是个青涩的年轻女子,在找到家的方向之前,她还有很长的路要走。她的身体因惊愕而剧烈摇晃,就像东方的桃枝。

一言一行中,她将自己的一生托付给了他。

露西娅一下子变得爱笑了,还总是心不在焉。大家都看见,她的牙齿像羔羊一样洁白。

朱塞佩

暴　力

　　嘲笑、打趣、闲话、眼色……恶意从虚掩的门缝中溜进来，路易吉打她打得更狠了。这一次，路易吉确实被流言（但其实不止是流言）激怒了。他要做一回真正的男人，让那个无耻之徒和那些聒噪的人看清楚，谁才是掌握话语权的人。乡亲们分成了两派。一派是冷漠的看客，他们关心激情的出轨故事本身，就像狗咬住一根多汁的骨头不放。要是他们之间吵起来，那多半是相互贬抑的狗咬狗。

　　还有一群感性的人，他们每天忙于拼凑细节，还原真相，证明露西娅和路易吉的结合简直是世界上最不幸的事。

　　人们的反应取决于他们的同情心，以及愿意吐露多少想法。很多妇女关起门来聚在一起，一边削皮、切片、揉面，把生肉和干面粉变成食物，一边对露西娅的命运进行温和的评价。此时，她们的丈夫正与杂草和烈日一起待在地里。言语的碎片穿过通风口，像煲汤和熏香的气味一样四散开来，但它们无法为露西娅开脱。没有人公开支持露西娅。

晚饭后，人们聚在广场的酒吧里一起看电视。那些年，许多小地方的习俗和方言已经开始趋同，但这个时候人们总是从电视节目里分神，用最乡土的方言悄悄传递当天的八卦新闻。星期天，露西娅将自己收拾得干干净净，笔直地坐在教堂的长椅上。她用脊背抵挡箭一般锐利的目光，也隔离知情人和怜悯者的微笑。坐在前面的人戴着圣餐手套，转过身来笑她。所谓常态，只是我们大多数人的习惯。

"太不要脸了！"

"她从来没有摆正过自己的位置……这下还给他戴了绿帽子！"

其实所有人都知道真相。七年来，孩子们一直在家里大声重复他们听到的传言：露西娅是真的不喜欢那个路易吉，她为托尼诺干了不少疯狂事，以致她的父亲只能端着枪追在后面教训她。孩子们还经常嘲笑路易吉"不是个男人"。

一场霸凌就此开始。这种暴力形式绝无半点怜悯之心，用日复一日的痛苦和屈辱把生命的自然能量全部消耗殆尽，直至结束。一切都终将结束。

那些闲话的恶臭，沾上什么就毁掉什么。尖酸刻薄的话语漫天飞舞，受诋毁的对象被围堵在中心，像是要被一块一块地吃掉。就算从流言中幸存，他们也会被不敢明言的人的嫉妒所淹没。现在，流言的猎物是一个不幸的女人，她的心已经死去，她决定离开那个让自己每天都被痛苦践踏的地方。路易吉也是受害者，迫于名誉，他不得不去追求一个自己毫不感兴趣女人。

1964年3月30日，露西娅的配偶路易吉·格雷科向帕拉塔警察局提出起诉[1]，表明自己发现了露西娅在婚姻中干的勾当。法律是完全站在他这一边的，警察局必须受理路易吉的起诉，以通奸罪对露西娅提起刑事诉讼。

我推测，路易吉的起诉对露西娅和朱塞佩开始新生活造成了严重的阻碍。因此，2022年1月7日，我向帕拉塔警察局正式申请调取露西娅·加兰特的档案，查阅路易吉·格雷科对她的起诉是否进入司法程序，并试图以此推断这件事是否影响，以及在多大程度上影响了露西娅未来的情感状况。2月1日，帕拉塔警察局的长官确认档案中没有记录针对露西娅·加兰特的起诉，并建议我向拉里诺市的检察院提交档案查阅申请。

---

[1] 路易吉·格雷科起诉露西娅·加兰特的日期引用自1965年6月29日的《信使报》。——作者注

更轻的罪恶

当时的意大利法律明显对婚内不忠的丈夫和妻子区别对待，《刑法》第559条和第560条分别对通奸罪和姘居罪做出规定。根据相关条款，妻子只要背叛过丈夫一次就构成犯罪，只要丈夫提起诉讼，妻子和她的情人都会受到惩罚。如果妻子的出轨行为已经演变成一种稳定的关系，或者说两个犯罪者之间产生了爱情，惩罚还会加重。

然而，如果出轨的是丈夫，那么男人只有"在婚姻住所或其他众所周知的地方"和他的"情妇"同居时，才会因为不忠而受到惩罚。

宪法法院曾针对这两条明显不平等的法规多次组织讨论，但当时的条款最后总能通过投票，理由是《刑法》第559条"保护的对象""不是特指丈夫要求妻子忠诚的权利，而是家庭团结这一首要利益。妻子的不忠会对家庭团结造成损害和威胁，但丈夫一人出轨并不会造成同样严重的后果"。

《荷马史诗》中佩涅洛佩和奥德修斯的关系一直潜藏在传统思想中,演变至今——女人是家庭核心的黏合剂。

直到1968年12月底,法院才根据宪法第29条规定"夫妻在道德和法律上完全平等",宣布《刑法》第559条第1款和第2款(妻子在婚姻中出轨通奸)违宪。一年后(1969年12月3日第147号判决),违宪的范围才扩大到第559条第3款和第4款(婚姻中妻子单方面出轨通奸)以及第560条(婚姻中丈夫出轨姘居)。一边是惯例,一边是正义,法律在两种力量的博弈中艰难前行,正义经常因为官方化程序漫长而姗姗来迟,戕害生命。

1964年,露西娅和她的情人、通奸案的共同被告朱塞佩被搜查,判处两年监禁。惩罚的本意是阻止爱情的洪流继续泛滥,但两人已经在爱情的基础上建立起新的生活,与所有生活关系享有同等的自然权利。一个不愿再继续原本的生活的人,一个已经被失望和暴力逼到背叛的人,怎么可能在强迫下回到不幸的婚姻生活中呢?

几乎可以确定,露西亚并没有注意到那几年的女权主义斗争——女性们焚烧胸罩[1],冲击着传统家庭的根基。她只想过好自己选择的生活,平静地度过一段可以被称为生活的时光,纵使她不得不直面残酷的法西斯主义带来的冲击。

1　二十世纪六十年代,女权主义者通过焚烧胸罩,抗议胸罩造成的身体和文化限制。——编者注

露西娅被迫超越了自己，她在无意识的情况下向"常态"发起了孤独的斗争。多数人的意志组成一种社会权利，它对其余少数人的意愿充耳不闻，要将扰乱秩序的、制造混乱的、背离多数人意志的离经叛道者驱逐出群体，而露西娅对它发起了挑战。人的行为是无法被预测的，享有自由意志的人是无法被掌控的。可惜，只有极少数人能做到谦卑地放弃（对自己和他人）存在的控制权，坦然接受自己的绝对无知。

露西娅选择驾驭生命这头难以驯服的骡子，走进未来的喧嚣，也走进五月初以来体内持续躁动的情绪里。此时的露西娅比自己更加伟大。圣母玛利亚，也许这是你留下的预兆。**接受吧，它是正确的。圣母啊，请赐予我欢乐，让我受辱的骨骼得感欣悦。**请让我像快乐的人一样蠢笨。野花就是这么盛开的。**请让我像草丛中的花朵一样，逻辑清晰又疯狂无比。**露西娅没有屈服。半个世纪后，她的行为再次清晰地表明了她的立场：露西娅永不屈服。

只有事实才能说明我们是谁，它首先会帮助我们认清自己。我们自己，就是自己的惊喜。

朱塞佩

1964年5月21日，露西娅公然行动

  1964年，人们还没有找到科学的验孕办法，急于知道自己是否怀孕的女性通过各种极富想象力的方式验孕：按照埃及的风俗习惯，妇女们在装有大麦和小麦的篮子里排尿，如果种子迅速抽芽，说明尿液中含有人绒毛膜促性腺激素，该女子成功怀孕；或者将尿液注入活青蛙体内并记录青蛙排卵的时间，如果青蛙在二十四小时内产卵，也可以肯定这位女性已经怀孕；还有一种办法是将尿液和漂白剂混合，如果混合物发出细微的声响，同时反射红色火焰的光彩，就可以确定女子成功受孕。

  4月13日，露西娅的月经已经推迟了两个月，朱塞佩推测自己的恋人怀孕了。于是，他给工人结清了工资，搬到了距离帕拉塔三十公里的小镇乌鲁里，重新开始干建筑工的活计。

  露西娅做了一些奇怪的梦，梦见自己还是花季少女。不过，露

西娅可不是蹩脚的大夫,她不会为了摆脱恼人的梦境用毛线针扎自己的肚子,也不会用沸腾的欧芹汤烫自己的舌头。5月20日,露西娅做出一个在当时当地任谁都难以想象的决定:她飞快地收拾好自己为数不多的物品,搬进了朱塞佩的家。一切都暴露在了阳光下。一个已婚妇女,有了三个月的身孕。露西娅明显认定朱塞佩是孩子的父亲,她要去自己选择的家庭中生活了。

但在1963年,由男性主导的法律系统还没有准备好接受一些人尽皆知的事实。因此,有关离婚的立法直到1970年12月才正式生效。露西娅不仅遭到了所有人的反对,甚至法律也站在她的对立面:法律不允许背叛,这是对的,但它也不允许夫妻选择分开。

爱是伟大又疯狂的东西,它让我们渺小的存在变得像整个世界一样宏大,甚至凌驾于自己的生命之上。露西娅在爱的力量下,将苦难转化为与他人姘居的选择。

村子里谣言四起:

"她跟那个在她家做工的男人走了!"

传言里有愤慨,有过度的兴奋,还有几分嫉妒。

朱塞佩

婚　宴

　　这时候，就连爱夸夸其谈的朱塞佩也被露西娅的疯狂劲儿给吸引住了。这个固执的棕发小女孩看起来是那么弱不禁风，朱塞佩相信自己完全可以掌握对她的主导权。1964年初夏（一年之后，事件将进入白热化阶段），朱塞佩带着帕拉塔的教区牧师和在他手下做工的几个青年参加了女儿卡罗琳娜的婚礼。朱塞佩的妻子阿妮塔向《团结报》和《国家晚报》透露，那是他和家人见的最后一面。朱塞佩已经完全投身于和露西娅的新生活，而露西娅和卡罗琳娜同龄。

　　绝望的阿妮塔试图和丈夫讲道理，告诉他家里还有一百万里拉的债务没有偿还。朱塞佩答应很快就把钱寄回家，却始终没有寄出。当时，一支和路雪奶油冰激凌的价格是五十里拉，现在同一个牌子的冰激凌要一欧元五十分，也就是三千里拉，翻了六十倍。1964年，这笔钱已经足够在城里买一套一居室，在帕拉塔更是可以买一栋小别墅了。尽管后来货币断崖式贬值，房价也在飞涨，一百万里拉仍是一笔不小的数目，就算放到现在也超过了一万一千欧元。不过，朱塞佩在乌鲁里的收入也不高，还得应付组建新家庭这笔意想不到的开销。

尽管朱塞佩背叛这段婚姻已有二十年，但他一直保留着在原家庭的合法身份。从1964年夏天起，那个家庭再也没有收到过他的讯息，只留他的法定配偶阿妮塔一人苦苦支撑。

儿子的健康状况每况愈下，阿妮塔也被各种新闻报纸扰得不胜其烦。一年后，她无措地向《晚邮报》透露，自己只能独自承担债务和疾病带来的压力，因为丈夫已经"为那个女人昏了头。根本没办法让他恢复理智"。

朱塞佩

财富世界

露西娅感到幸福。以前的露西娅回来了,她既开放又欢快,浑身充满活力;她无忧无虑,轻盈得像一株小草;她的脸上一直挂着微笑,就算孕吐时也笑眯眯的,笑的次数比前半生加起来还要多。她现在就像夏风中飞舞的树叶一样轻松——终于有人有能力和她一起做梦,一起幻想未来了。一个朱塞佩这样的男人足以让露西娅产生远走高飞的想法,她对自己的认知已经太清晰,无法再享受天真带来的快乐,她要去寻找真实而确切的生活。

那一年,洛斯·马尔切洛斯·费里亚尔的歌曲《你变黑了》获得了首届"夏日迪斯科"比赛的冠军。这首歌可以代表当时意大利的整体氛围:自由自在,轻松愉快,邀请人们享受生活。不过,宁静的时代氛围只感染了帕拉塔一点,多数青年人还是在纠结和匆忙中度日:"如果未来不来,我们就去找它!"整座城市闪烁着假想的光芒。

几年来，米兰一直是帕拉塔人心目中的乐土。很多人离开家乡去往重建中的大都市，不锈钢电机、电容器和发电机全速运转，大家都想从经济奇迹里抽取属于自己的一份财富。人们陶醉在希望中，提着简陋的行李就踏上旅程。米兰……这个地名盘旋在小镇日渐空旷的街巷上空，像是邪恶的仙女，一边散发善意，一边诱人陷入幻想。

八月中旬，露西娅和朱塞佩终于抵挡不住诱惑，加入集体北上的浪潮。两人已不再年轻，但还保留着恋人间疯狂的激情，所以继续住在乌鲁里对他们来说有一定的风险：露西娅背负着尚未判决的刑事诉讼，未知的刑罚时刻悬在她和朱塞佩头顶。顺便说一句，我的头上也悬着诉讼，但微不足道。此外，亲戚们不时的劝说还像利爪夜夜在门上抓挠，他们嘴里发出的明明是羔羊般无辜的嗓音，不知怎么就吹出了伪善的魔笛之声：

"回家吧，回到家里一切就都正常了……"

对于"一百里拉"来说，这倒是个不错的解决方式：没让妻子的身体脏了自己的手，就使她怀孕了。啊，也算留下血脉了。但谁知道这个孩子长大后会成什么样呢？这孩子就是我，我不属于他，我和我的母亲一模一样，是一个拒绝任何人摆布的女性。

当然，世界正因为有人憧憬新世界而改变。

当然，活着的人存在的意义就是不断纠正已经酿成的错误，不论这个错误是自己还是前人犯下的。露西娅完全可以留在帕拉塔，为当地的现代化身先士卒。换句话说，在这个人们还需要通过抗议捍卫自己生命权的小地方，露西娅的存在就是进步的具象化，她的行为可以有效催生体面的社会氛围，让她美丽的家乡成为乌托邦，甚至成为用法律保护自由的前哨。露西娅确实可以成为现代化的榜样，但在当时的环境下，斗争是不平等的，她需要付出的太多了。而且，我相信她根本不会想到这里，大张旗鼓要当道德卫士的人是我，而不是她。对于年轻的露西娅来说，连怀念都是以后的事。很久之后的某个夜晚，露西娅会躺在聚氨酯泡沫填充的枕头上，想起家乡的无花果和噼里啪啦的柴火，被突如其来的思念挟住后脖颈。但现在，露西娅暂时还看不到那个时刻。她终于对生活燃起了热情，这就很不错了。

那两个月，精力充沛的朱塞佩筹划着举家迁往米兰。不愧是见过世面的人，他通过电话、信件等方式联系工友，成功找到了工作。露西娅和朱塞佩开始收拾行李。他们和所有去往大城市的人一样，都梦想着新生活。这群人跨越的不是帕拉塔和米兰之间七百公里的路程，而是一条时空的鸿沟。

1962年，卢恰诺·比安恰尔迪出版了作品《艰难的生活》（书籍出版的第二年，导演卡洛·利扎尼就把这个故事拍成了电影，两位天才用双重智慧阐释了不稳定的当代性），故事发生在米兰经济复苏期间，女主角安娜和丈夫在城市里漫步，她说：

"得了吧，你这笨蛋，你见过几个在街上饿死的人？从来没有人能被饿死，尤其是在这里。看着吧，我们也会成功的。而且我还在这儿帮你呢。"[1]

那几年，火车载着希望从全国各地启程，源源不断地涌向国外和意大利北部的大型工业城市。农民们离开农村和田地，劳动力从边缘城市大量涌入米兰，大型建筑迅速拔地而起，不仅有摩天大楼，还有各种造型夸张的大厦。而此时，皮埃尔·保罗·帕索里尼还在罗马大声疾呼，坚称二十世纪中叶的全球化运动是人们正在实施的犯罪。他想要撕裂这一社会氛围，但一个诗人单薄的身躯根本不可能阻挡全球化大势的进程，只能将自己对未来的迷惘化作痛苦的呐喊。在《挖掘机的哭泣》[2]中，帕索里尼提到挖掘机在尖叫中将混乱的乡村按照"了无生气的痛苦的秩序"重新规整，更糟糕的是，有时候，是以"乃是怨恨的装饰[3]"的名义。

城市化初期，建筑业疯狂发展，帕索里尼从中瞥见了"城市癔病"和"水泥噪声"带来的阴影，这些城市化带来的疾病在2002年击倒了维塔利亚诺·特雷维森[4]，另一位杰出而愤怒的作家。特雷维森将同时代恶的伦理（或者说恶的美学）用铜箔一样完美的线条串

---

[1] 《艰难的生活》，卢恰诺·比安恰尔迪，詹贾科莫·费尔特里内利出版社，米兰。首版载于《通用经济》2015年5月刊。——作者注
[2] 出自皮埃尔·保罗·帕索里尼《玫瑰形状的诗篇》，2021，加尔赞蒂出版社，米兰。——作者注
[3] 译文参考《回声之巢：帕索里尼诗选》，皮埃尔·保罗·帕索里尼著，刘国鹏译，2022，北京联合出版公司，北京。
[4] 本书关于维塔利亚诺·特雷维森的部分参考了《一万五千步》，2002，朱利奥·埃诺迪出版社，都灵；还参考了《桥》，2007，朱利奥·埃诺迪出版社，都灵。——作者注

联起来，并在上面压印和雕刻了自己的自杀宣言。2022年1月7日，我还在写这本书的时候，他已经完成这份宣言，永远地离开了。

特雷维森是现代化后果的直接见证者。在他之前五十年，帕索里尼早已用全身力气说出了关于我们这个时代的预言。他说，这是一个无定形的、无观念的时代，它从过去突然的崩溃中诞生，终将在市场特有的冷漠和标准化中失去色彩，走向扁平。最后，帕索里尼甚至将自己的死亡也包装成最极端的艺术作品，堪称二十世纪的卡珊德拉[1]。

一个洞察力如此敏锐的人，一个还怀念着失落前的旧世界的人，大抵是健全而圣洁的。我再重复一遍，他为源起狂喜，也甘心因为失落拿生命去冒险。

不过，在那段年岁里，总有一群饿着肚子的人乐于操纵挖掘机铲斗全速冲向土坑，骄傲地用沥青和水泥把草原浇筑平整。帕索里尼指出，全球经济衰落和个体最直接、迫切的生活需求相冲突，工人们得养家糊口，即使工资很低，即使以破坏土地和环境为代价，他们也必须工作。时至今日，情况依然如此。不过，人们在破坏的同时也热衷于创新：城市住宅区中，时不时能看见理性主义建筑作品，例如安杰洛·曼贾罗蒂和布鲁诺·莫拉苏蒂于1962年在圣西罗区加维拉泰街修建的住宅，三栋圆柱形的建筑成为米兰繁荣的象征。

---

[1] 希腊、罗马神话中，卡珊德拉是特洛伊的公主、太阳神阿波罗的祭司，具有预言的能力。

露西娅逃离的29个春天

旅途中

帕拉塔没有高速公路,也没有火车经过。要想去其他城市,只能起个大早赶唯一的一班公交车。

去往米兰的旅程漫长又复杂,先要坐七个小时的汽车,或者换三趟公交车去泰尔莫利,只有泰尔莫利才通火车。露西娅已经怀孕六个月了,他们可能会乘夜间火车。

我,正写下这些文字的人,此时还是一个由分化中的细胞组成的小东西,我的雏形就待在露西娅的身体里,没有什么能让我们俩分离。没有痛苦,没有疲劳,没有不确定。那段时间,她吃什么我就吃什么。前提是,如果她终于吃了点什么的话。

现在我们对露西娅已经有了一定了解,可以想象一个来自乡村的二十八岁的褐发女子坐在车厢里,怀着一个男人的孩子,男人与她父亲年龄相仿,并且不是她的合法配偶。

两人的行李很少,都是必需品。露西娅只带了她珍视的东西,包括棕色碎花裙和结婚时戴的白手套。露西娅告别前半生，向深渊的边缘走去，等待她的可能是悲惨，也可能是喜悦。

我们和她一起来到这座生长着欢乐，又流动着恐惧的城市。

米兰
MILANO

米 兰

抵达中央车站

露西娅和朱塞佩到了米兰中央车站。

人们像是置身于一座大教堂内,钢制架构撑起穹顶,石膏、石灰石和花岗岩做成的台阶衔接到大理石平台上。朱塞佩周身洋溢着胜利的骄傲,一把搂过露西娅,像父亲又像情人,和她一起走下车站中央的大楼梯。

中央画廊里,巨大的玻璃柜罩着以1∶50的比例缩小的"米开朗琪罗"号白色远洋客轮模型。车站外,高大的加尔法塔直指云霄。露西娅看向奇特的大都市世界,目力所及有出租车、公共汽车和有轨电车,还有广场上的维基酒吧。

在露西娅看来,这里的一切都庞大无比。大家都说另一种语言,人们的对话完全听不懂。城市的灯光和巨大的噪声构成了生活的底色。

> 这是她到米兰的第一夜。也是她人生最后三百多天的第一夜。

米兰

移民潮下的米兰

启程前往米兰之前，朱塞佩应该还租好了一套公寓，因为次年三月我被送往医院时，那里被登记为我的住址。我想象他怀着激动的思绪，在第一批北郊工人聚居区拥有了一套两居室。那片土地上，城市正慢慢扩张，将外围的村庄纳入自己的范围。米兰城郊仍是米兰。这里是工作之城，工作给予人自由。

他们在蒙扎大街安顿下来。大概因为是可供国内移民选择的最后一片靠近工业区的聚居地，那地方简直人满为患。抬眼可见远处的烟囱，前方就是乡间田野，还有人在灌溉渠里捕捞小龙虾。

蒙扎大街起于著名的洛雷托广场。1944年8月10日，十五名游击队员在广场人行道上被法西斯军队杀害。1945年4月29日，克拉雷塔·佩塔奇、贝尼托·墨索里尼、阿基莱·斯塔拉切和其他四名法西斯头目先是陈尸在屠杀发生的同一地点，后来又被倒吊在埃索加油站。总之，这条大道从沾染鲜血的广场一直延伸到蒙扎大街，从这头到那头要走整整两个半小时。我们得记住这些信息。

最重要的一点在于，七年来，蒙扎大街一直是繁忙的米兰城中最繁忙的地方。这里是名副其实的聚居区，房间像蜂巢一样紧密排列，有些在地下，有些在地上。在成为大城市的一部分之前，这里还是大片的建筑工地，宽阔的路面从洛雷托广场延伸出去十二公里，直至塞斯托马雷利。工程一开始，人们就为了扩展空间和视野砍掉了所有树木。

朱塞佩很有可能在某一家大公司里找到了工作，甚至还就近找到了住处。1964年10月，电影教育联合会在该地区一家刚刚开业的自助餐厅里拍摄了短片《开拍万花筒》，从影片中可以推出这一假设。他穿西装，打领带，头发和胡子修剪得整整齐齐，严肃而优雅，犹疑地观察着面前一排为晚餐准备的食物。10月15日至24日，为了将我带来这个世界，露西娅住了九天院，这个片段很可能就是那段时间拍摄的。

1964年11月1日上午10点30分，米兰市长、社会党人彼得罗·布卡洛西和伦敦、巴黎、莫斯科、纽约、柏林地铁公司总裁等一系列政客和宗教人士共同出席了米兰M1地铁线通车仪式。十一分钟后，地铁从洛雷托广场出发，在欢呼声中飞速启程。

迪诺·布扎蒂在《晚邮报》上发表了一篇关于此次活动的社论，他赞扬米兰市民自掏腰包，"没有让国家给他们一分钱"，还说"用墨水和铁盐印制的门票可以控制道闸的电磁铁"。这些文字

米 兰

传递出一种稀有的科幻电影般的气息，令人着迷。

露西娅置身于遍布整个米兰的热闹氛围中，一切都特别新鲜。此时她已经完成分娩出院八天，但我并没有和她在一起。这太不公正了，我要把这件事记录下来。

胸中极致的甜蜜伴随着前所未有的缺失感，一道无法弥补的感觉在她心里生根发芽。露西娅变了。玻璃窗后面出现了一张凤凰的面孔，那是一道让她不朽的光。露西娅，你将重生，哪怕只是在文字里。这就是我能做的。露西娅，现身吧。

街上传来本地乐队的大型表演，音乐在地铁的每一个站点依次响起：巴斯德、罗韦雷托、图罗……乐声经过又远去，露西娅如痴如醉，她听见了平静、折磨、欢乐、焦虑和咆哮的力量，还有一丝对乡村乐队的怀念，那是镌刻在基因里的古老情感。她想起每年五月底村里为纪念圣朱斯塔圣母而举行的游行仪式。乐队的声音最终与她的女儿玛丽亚·格拉齐亚的身影重合，二者都是由声音做的小分子组成的。

露西娅逃离的29个春天

Francesco![1]

人们把运送南方人北上的火车称作"命运女巫"。二十世纪五十年代,大批南方移民搭火车北上,结果却被丢弃在社会边缘,就像倾倒在垃圾处理站的放射性废料一样。在他们的聚居地,到处都是非法建造的小房子、住着人的废弃火车厢,还有围绕着城郊大型工厂匆忙搭建的成片简易住宅。这是一座由泥浆和脚手架搭建的孤岛,是城市网络中与其他部分不相连接的地界,是城中城。它太遥远、太特殊,以至于到市中心走走都会被说成"去米兰(或者去都灵)"。人们一眼就能认出住在这里的人,因为他们从衣着到姿态都和城里人不一样。米兰人给这片广袤的沼泽区起了名,暗示这里像战区一样遥远又混乱。

帕索里尼将罗马郊区的景象原样迁移到自己的作品中,他笔下的主人公"被困在城市中心,困在菜园、道路、铁丝网、成片的简

---

[1] Francesco在此处作为感叹词使用,含义近似"上帝啊!",表达了强烈的情感宣泄。——编者注

陋房屋、空地、建筑工地、高楼、水沟之间"[1]。他爱极了罗马前工业时代残酷的甜蜜,很多电影作品都以此为背景,比如著名的《乞丐》就发生在某一片背靠简陋房屋的贫民窟里,这里被称作"伪城市":"皮涅托中部的凡富拉·达洛迪路上,到处都是低矮的小屋和开裂的墙壁,在极度渺小中透露出细致的宏伟感。这是一条贫穷、简陋、鲜为人知的小街,它属于罗马又不是罗马,在阳光下透着迷惘的光彩。"

罗伯托·罗西里尼导演的电影《罗马,不设防的城市》中,安娜·玛尼亚尼的哭喊声就在皮涅托城内回响,让人难以忘怀。

---

[1] 摘自《生命之子》,皮埃尔·保罗·帕索里尼,2022,加尔赞蒂出版社,米兰。——作者注

露西娅与商品

金钱的生殖器，

一切，整个，全过程[1]。

莱纳·玛利亚·里尔克《杜伊诺哀歌》

电视、搅拌器、烤面包机
烧水壶、汽车、维斯帕小摩托
冰箱、风扇、吸尘器。

开着绿色小汽车出城郊游，摇下车窗享受扑面而来的风。商品社会啊，就是无数梦幻的蓝色泡泡。

---

[1] 题记摘自莱纳·玛利亚·里尔克的《杜伊诺哀歌》，詹贾科莫·费尔特里内利出版社，米兰。首版载于《通用经济》"经典"栏目，2006年11月刊。——作者注

米 兰

　　市中心到处都是狂欢的景象：女性将蓬松的头发披散下来，穿上放肆的超短裙、艳丽的几何图案衬衣、不收腰的波点大摆连衣裙，不时点燃一支香烟。有人为了配合连衣裙的修身剪裁将齐耳短发梳得服服帖帖，有人则喜欢凌乱的短发，额前留下几缕斜刘海。身材纤细的女性以俏皮的无性别穿搭凸显自己的瘦弱：她们是女孩，也是少女。所有人都用眼线、深色眼影和睫毛（有卡通风格的一簇簇尼龙假睫毛，也有用亮晶晶的睫毛膏刷出的又长又卷的睫毛）强调自己的双眼，在如水般深重的夜色里留下闪闪发光的痕迹。

　　露西娅日渐融入其中。比如，她已经学会，在米兰，愚蠢的人叫作傻瓜，而不是傻子。她很聪明，善于从经验中进行总结。露西娅在米兰、在朱塞佩身边不断观察和学习，飞速变化。朱塞佩比她年长很多岁，拥有丰富的实践阅历，总是穿西装、打领带，是一个稳重、自觉且内敛的男人。而露西娅在旁人眼中则是一个戏剧化的女子：她有着优美的身材曲线，却对自己的美没什么认知，她消瘦，不施粉黛，脸部棱角分明，但十分爱惜自己瀑布般的长发。最近一段时间，她喜爱穿彩色的服装，搭配白鞋或黑色系带鞋。半高跟的鞋子比较稳固，能让她在泥泞的道路上走得更舒适。无际的蓝天是衬托她优雅的幕布。

　　对物品的需求压得露西娅喘不过气来，好在她还没有被欲望淹没。

经过洛雷托广场的环岛时，都市图景永恒的律动令她产生了一种美丽的愉悦感，一种充满未来气息的战栗，露西娅甚至要辨别不清眼前车辆前进的方向。汽车冲她烦躁地鸣笛，露西娅紧紧抓住提包把手，仿佛回到了熟悉的过去，回到坐在无花果树枝头上晃悠的童年时光。

米兰是商品的帝国，喧闹是商品的统治域。

这里有被称作"意大利家庭的仓库"斯坦达超市，有1957年在米兰开业的连锁商超"长S[1]"，超市里有手推车，还有和香肠一样用塑料真空包装起来的鸡肉。洛雷托广场的一角，巨型商超"科因"正在修建中，广场上还有一幢百货大楼，里面开着一家拥有上千个座位的3D影院。

1964年至1965年，洛雷托影院总共放映了三部前一年上映的电影：1964年放映的是英格玛·伯格曼执导的电影长片《沉默》，这部宏伟而严肃的影片以当代失语症为题材；1965年放映的是赛尔乔·莱昂内的《荒野大镖客》和雷内·克莱芒的《脂粉金刚》。

意大利没有关于活体器官移植的法律，器官捐献不涉及生者。当阿妮塔通过报纸恳求政府允许自己将一个肾脏移植到儿子弗朗切斯科的身体里，以求保住他的皮肤时，世俗与官僚主义的规定又一次站在了对立面。与此同时，朱塞佩已决心在别处重新开启生命的

---

[1] 指的是意大利连锁超市Esselunga，因其品牌标识上拉长的S而得名。——编者注

旅程，他成为一名小工，负责把纳维利河上的货船运来的砾石和沙子搅拌在一起。

1965年明信片上的米兰蒙扎大街和洛雷托广场

1966年7月，阿妮塔和朱塞佩的长子弗朗切斯科去世，年仅三十二岁。1967年6月26日，意大利通过活体器官捐赠法。法律只管碾压和收割，哪管生命像麦壳一样轻易就被吹散了。

1964年10月15日星期四，
航天员与母船

1964年10月14日，星期三，露西娅在马切多尼奥·梅洛尼医院（省妇产医院，位于米兰阿夸贝拉区，阿夸贝拉意为"雨水丰沛"，这里曾经有茂盛的树林）接受了"新生儿溶血病预防和治疗"检查，结果显示婴儿血型为Rh阳性。

2022年1月21日，我收到了自己的出生证明。接到邮件投递电话，我匆匆下楼。看来露西娅的确在这世界上存在过，除了我，她还留下了其他来过的痕迹。

露西娅·加兰特女士，农民，初产妇，身体状况良好，10月15日上午8时到医院待产，"胎儿头部入盆，进入分娩状态"。我们俩都准备好了。迫于情势，露西娅隐瞒了当时的住址，她的登记地址是帕拉塔圣罗科街。但她没有写门牌号，所以我永远无法知道她想写的是父母的房子还是自己婚后的住所。她还写错了婚期，把

米　兰

日期提前了一年，可能是因为这段不幸的婚姻太过难熬，总感觉比实际持续的时间更长。

我用了八个小时与露西娅的身体分离。我初次来到这个世界上时，外部温度为十二摄氏度。自然分娩，一切都在健康、合理、自然的范围内。婴儿出生时，刺眼的光线会吞噬眼底所有事物的细节和模样，这让我想起航天员离开母船，飘浮在一片漆黑中的感受。

露西娅逃离的29个春天

起源是有生命的物质

起源是有生命的物质。

生命不是被创造的。早在不可估量的时空距离之外,生命就自我生成了。

生命以几乎无穷尽的形式诠释自身的奥秘,有些微小如螨虫,有些巨大如蓝鲸。无论是螨虫还是蓝鲸,生命活动的起源总是一致的,那就是对生命的渴望。

生命体通过创造精巧的生命容器完成自我复制,这些容器由生命物质组成,数量难以估计(毕竟人类对栖息在闪闪发光的黑暗海底中的物种还知之甚少)。它们散落在宇宙之中,等待所有生命皆须经历的巨大的分离。

因为,生命要存在,就必定面临分离。

独立生命体出现的前几个月里,物质以细胞的形式存在,由简单的聚集性意志驱动。孤独是公平的，所有物质被包裹在同样的孤独之中，渴望着延续。

如果说众生在盲目中开始拥有意识，那么它一定表现为对延续的渴望。

最初，我们只是梦想着物质的延续。

人类诞生之初，就将

子宫供奉在身体中央，因为它蕴藏着生命的奥秘。

但是，生命要存在，就必定面临分离。

分离是最初的痛苦，也是最漫长的痛苦。

至少，这是一种可以共同承担的痛苦。出生是一种可以共同承担的痛苦。

分离是对于两个个体同时发生的、无法免除的痛苦，母体驱逐子宫里的婴孩，孩子自行进入（他自己的、作为个体的）延续的过程。

这是写在生命物质中的指令，是每一个未来的代码，是在成长过程中以符号或事实的形式不断重复出现的法则。从母体中分离，然后

独自生活，就像我们从未有过联结。

10月22日

　　早上9点20分，在梅洛尼医院院长的授权下，费利切·博纳诺米向米兰市政府公民身份办公室的"选定办事员"埃托雷·隆佐尼先生证明了我的出生。博纳诺米来自米兰周边的莫扎泰市，已经五十多岁了。还有两名更年长的医院员工协同他办理证明手续，分别是来自波尔恰的利贝泰·托福洛和来自科尔西科的路易吉·贝尔纳基。这三位证明人将露西娅提前选定的名字强加给我：玛丽亚·格拉齐亚。露西娅是圣朱斯塔圣母的信徒，玛利亚给予了她恩典[1]。

　　就在前一天，也就是10月21日，我在医院的小教堂接受了洗礼。教堂里供奉着至圣圣母玛利亚和圣安娜。然而，根据意大利主教团保密总则第8条第5款（2018年5月24日更新），天主教米兰总

1　恩典，意大利语中为grazia，即格拉齐亚。

教区圣事纪律部门无权向我透露教父教母的身份，也不能告诉我露西娅是否缺席了我在宗教场合的洗礼。五十七年过去了，再抗议也无济于事。为了避免任何曲解，我全文抄录了这条条款："利害关系人在任何情况下都无权查阅登记册中的数据，包括其所知范围内已从登记册中删除的数据。"教区的法律缺乏灵活性。

律师界背着超负荷的压力，苍白地、谦恭地给出评价："教会法典比《民法典》的约束还要多。"在我看来，这两个名称同样没有实质性意义，没必要太固执地反复比较。不过，人们冷漠且节制地对各种事物强加名称，暗示了未来将在我们眼前倾覆。

1964年10月24日，打破平静的幻想

由于产后大出血的情况太过普遍，二十世纪六十年代起，所有产妇都需要留院接受术后观察。

10月24日，分娩仅九天后的露西娅"拒绝主治医生的意见"，带着还未拆线的伤口急匆匆地签字出院。同时，她女儿的名字出现在了米兰"新育婴堂"的登记册上。玛丽亚·格拉齐亚·格雷科，路易吉之女，省儿童保护与援助所，皮切诺大街60号。

省儿童保护与援助所和省妇产医院之间有一条地下通道。1932年10月28日，梅洛尼医院成立时，就是属于育婴堂的妇产医疗机构，二者紧密相连。现实表明，进福利院确实要抓紧，因为失孤的情况实在太普遍了：孤儿也多，失去孩子的母亲也多。简单的几个词，如同刀刃将事实剥离，只管将孩子的哭泣抽象化，而不去深究他们是"出生条件差"的孩子、出生前后发现病理性症状的孩子、

米 兰

> ISTITUTO PROVINCIALE PROTEZIONE ASSISTENZA DELL'INFANZIA
> Viale Piceno N. 60 - MILANO - Tel. N. 723051-2-3-4
>
> N. 1068 19   Uff. d'accettazione 24 OTT. 1964
>
> Oggi è stato accettato
> GRECO MARIA GRAZIA
> figlio di LUIGI   nato il 15/10/1964
> a MILANO
>   IL REGISTRANTE
>
> La visita ai bambini nell'Istituto è permessa a due persone
> nei giorni retro indicati.
>
> OPP 159 c - 2000 - 7.63 Mod. C/7 bis

1964年10月24日，玛丽亚·格拉齐亚·格雷科
在米兰省儿童保护与援助所的登记表格

私生子还是被遗弃的孩子。这里试图非物质化一切事物，因为从物质层面上来说，来到这里的生命都已经无法被治愈。他们是挣扎着不愿分离的母亲和孩子，只要身体还连接在一起，就不会失去亲密的联结；一旦被分开，就会各自陷入永久的孤单，再也找不回母子间的亲密关系。

机构每年接纳上千个孤儿，我是第1068号。我们孑然一身、前途未卜，连骨头都没发育完全就被送来了这里。我不知道全国妇女儿童福利会或者是政府援助了多少膳宿费，才足够给我们这些因为贫困或没有父母而被遗弃的孩子建立一个庇护所。但我知道现在社会福利家庭，可以按照每个托管儿童每月1800～2400欧元的标准，从所在地市政当局领取补助。

135

省儿童保护与援助所是一个社会团体组织，在那个动荡的年代，身披黑衣的卡皮塔尼奥慈善修女会也来到了这里。"该机构的儿童只允许两人探访：探访日期见后页"。

医疗档案显示我没有任何病症，然而，由于我的身份仅由母亲单方面确认，根据当时的法律，属于私生女。因此，在等待身份完全确认期间，我也会被带离母亲身边，由社会服务机构"代为抚养"。

这就解释了我认不出露西娅的原因：她被迫缺席了我发展人像认知的阶段。

这也解释了露西娅为什么看似天真地在所有地方白纸黑字地写下我是路易吉的女儿，包括在她未来的遗书中。12月28日下午，我与省儿童保护与援助所的档案保管员打完一通长长的电话，次日黎明，我发消息给好友索尼娅："我现在要去广播电台，和他们最后沟通一次那本女诗人的书的印刷许可。明天起，我就要全身心投入有关露西娅的事情了。也就是说，我决定直面自己内心的恐惧。我和你说过，就算我活到一百岁，这个心理障碍也会伴随我一百年。我不愿接触有关露西娅的'敏感资料'，因为它说我不是被父母双方同时承认的小孩。你怎么看？我现在才明白露西娅的固执，她在所有地方写下错误信息，说我是她丈夫的女儿，其实是在与当时荒谬且不合理的法律周旋，试图用迂回的方式保护我。当然，有些法律现在还有效。此时此刻，鸟儿正在高歌。"

露西娅的行为在昔日的黑暗中不时闪耀出光华：法律还在愚钝滞后和智慧道德间摇摆不定，她咬牙在假文件上签字，誓要让女儿从桎梏中解脱。

尽管现行法律已经取代当时的大部分条例，但在未来五十年内，这些规定仍将阻止我全面查阅与自己有关的记录：对于依照旧法宣布的非婚生子女，当时的规定至今仍然适用。也就是说，我就算活到一百岁也无法获得关于母亲或自己的"敏感信息"，只能知道与出生有关的信息。

很多人对规则的不合理性感到气愤，他们向欧洲人权法院提出上诉，或者诉诸"自愿管辖权"。

接到12月28日那个紧急电话时，我正焦急地等待着自己出生的临床记录。提交申请三十天后，我疲惫地去了趟当地的法律部门，又在电话中反复坚持，进一步表达抗议：

"我很清楚自己的母亲，她是自杀的，但她从来没有抛弃过我！"

人可以吹嘘任何事情。

现实是一种观点。观点常常有误，因为我们很少不带偏见地观察事物。然而，世间万物客观存在，大多数情况下，它们都能清晰地发出声音。要想理解世界，我们只需观察事实，无须叠加任何人类的智慧。我们要做的就是让事物困扰自己，直到它们表达出原本想要告诉我们的东西。我写这本书，也是希望它见证并记录下事物不可磨灭的能量。真相就在从主观视角下解放的事实里。

观察露西娅的生活，我发现她从不要求别人尊重她的隐私，她一直光明正大,在所有人的目光下依照自己的感受来生活。她不是不关心他人的想法,而是能坚决地意识到自己的意愿,意识到自己也有天生的爱的权利。

米 兰

尊敬的修女，
请交给我娼妇的头颅和一辆卡车

合上医疗档案，我查阅了自己在省儿童保护与援助所时期的相关记录。虽然我"状态良好"地离开了梅洛尼医院，但也没有完全出院，而是由于"先天不足"被援助所的儿童病理科"紧急收治"了一个半月。然而，我自己的医疗联系人从来没有告诉过我这件事，我的健康档案和社会记录里也都没有相关记录。唯一的线索就是我以"正常"的评估结果被"合法接收"。

育婴堂为什么会接收合法出生的健康女婴呢？

"这是我第一次见到这样的操作……"

我在通话中得知，援助所曾经按照惯例，要求母亲的丈夫路易吉·格雷科通过农民疾病互助保险基金为我支付四千里拉的住院费——而露西娅一开始并不知情。于是，路易吉给机构写了一封详细的长信指责露西娅，同时否认了与我的父女关系。

"我能理解……我是说……当然，他这么做也是有道理的……"

电话那头的人这么说，但他显然不这么想。个人档案中出现这样一封信是件反常的事情，所以在把信件交给我之前，他觉得有必要再给我打个电话，认真评估我的情绪：

"你看，这么多年来，我从没读到过这样的信件……"

我努力向他证明，我有能力承受阅读信件的心理压力。

> 我想要回应：
> 尊敬的修女，您接收女婴玛丽亚·格拉齐亚·格雷科时，我被登记为孩子的父亲，但我不清楚她究竟是我的血脉，还是我的妻子露西娅·加兰特和另一个男人的孩子。我认为她是另一个男人的孩子，因为这个男人从1963年12月起便开始诱拐我的妻子。我在次年4月发现了他们的关系，但他应该也受到了欺骗。他离开了我的房子，我的妻子也随之逃走了。鉴于他只是纯粹地坠入爱河，我原谅了他。我的妻子离开了我，跟她的父母住在一起，而我自己平静地住在乡下的房子里。一个月之后，到了夏季。5月20日，我的妻子怀着身孕离开家，去找她的情夫。她的母亲和姨母把她接回了娘家，但她后来又去了。她不想待在父母亲身边，也不想回到我身边，让我当她的丈夫。她就是想当个娼妇。她离开了她的家乡帕拉塔，逃到了普利亚大区的福贾省，和三人同住。过了一段时间，人们便不知道他们

米 兰

去了哪里。这件事从法律的角度来说，是非常严重的，所有的事情还是我的亲戚和朋友告诉我的。尊敬的修女，我想知道露西娅现在是独身一人，或是和她的情夫在一起，还是和她住在米兰的表姐在一起。尊敬的修女，我想知道这个女婴是否会被您收容，以及如果她被收容的话，谁会负担她的费用，我不会对她负任何责任。尊敬的修女，如果要我为这个孩子付钱，我会去米兰带回我的妻子露西娅·加兰特，先砍下她的头颅，再让卡车的车轮从她身上碾过。请把小女孩交给她的母亲，孩子来到这世上不是她的错，只是她的母亲应当受到惩罚，应当被砍下头颅。她在家乡帕拉塔的所作所为就像个野蛮人，我们婚后也一直没有孩子，因为我的妻子一直抱病，她要不就是在我们当地的医院看医生，要不就是接受辅助生育的药物治疗。医院的医生现在就和我在一起，他表示，做了这么多治疗，我们理应是有孩子的，我才是和她睡在一起的丈夫。但她却骗了另一个人和她在一起，装作自己从来没有接受过治疗，也从来没有欺骗过任何人的样子。她就是魔鬼。

1964年1月24日，路易吉·格雷科写给
米兰省儿童保护与援助所的信件片段

但在我的所有认知中

我不能（也不想）否认，读到这些文字时，我的情绪的确受到了考验：那是来自深处的咆哮，是动物般原始情绪的宣泄，是仇恨的喷涌。然而，我还是为路易吉感到难过。

路易吉那封信的字字句句都将我往旋涡里拉扯，我进入了露西娅真实的生活，闯进了母亲最隐秘的情感。我体会到她的窒息、她的无处可逃。那已经是我能想象的极限。当一只猪尖叫着向猪圈外跑，试图逃离屠夫的掌控时，连它的父母都不会强行把它带回。露西娅的母亲却亲手将她拖回斧头下，扔上死刑台。好在露西娅生来就拥有注定流动的灵魂：礼貌、清澈、倔强。我找到了她，她是真实的。她就在这里。我终于进入她的世界，观察这个因死亡而变得神秘的女人，她像面包芯一样柔软而真实，努力抵抗生养她的人施加的暴力。露西娅抵抗，再抵抗。**她不想，她不想，她不想**。到了米兰，她也还在抵抗。她不像猎物，她的意志绝不软弱。她从床上爬起来，自己签字出院，就算女儿被留下也得走。

米 兰

　　工作人员觉得有些不对劲儿。路易吉反复强调，虽然我的出生已是既定事实，但他与这件事毫无干系。次日，有人告诉了我一件事情，无论是我自己，还是本书的读者都不可能知道这件事：那时，在帕拉塔人心中，福贾省是"妓女之乡"。路易吉的计划虽然愚钝，但其用意之险恶清晰可见。那些没有感情和思想的人，不仅无法理解拥有感情和思想的人，还会质疑其感情和思想的存在，更不要说预想到自己的行为会对他人的情感世界产生一系列影响和后果。黑暗的暴风雨正朝着露西娅涌来。起初，她敞开怀抱勇敢迎接命运的变奏，但在被迫与我分离后，露西娅将自己慢慢封闭起来，向命运缴械。意识到这些情况，修女们决定停下来认真考虑如何应对眼下的状况，以及我这个身份不明的孩子。空气中充斥着威胁和波动，接收我就意味着斩断一条本可能找到根源的血脉。

　　我在一个多月之后才回到露西娅身边。我决定不去想象这么长的时间对于露西娅和当时的我来说意味着什么。只见露西娅倚着窗户望向窗外的蒙扎大街，似乎听见一个来自未来的声音——那是我的声音——她双手托腮，愤怒像呼吸一样无法抑制，她的性格在光怪陆离的境况中逐渐改变。

　　过不了多久，人们就会见证露西娅被迫从唇齿间吐出的脆弱谎言：为了爱我，她否认了那份将她从生不如死的状态中解救出来的爱。她脆弱得让人想要冲上前去给她一个拥抱。因此，我一直讨厌十一月。

我不知道露西娅用了什么神奇的办法把我从那个充斥着残暴和苦楚的地方带回自己身边，或许是她的哀哀乞求终于有了回应，总之，在12月1日，我终于脱离非法拘禁，"由米兰的朱塞佩·迪彼得罗舅舅"交给母亲。

　　让我们忘记那个被迫编造的谎言吧。1964年12月1日是她和我（短暂的、同属于我们的）一生中最幸福的日子之一。

　　直到2022年2月16日，我才得知自己和露西娅这场漫长的分离。如果露西娅还活着的话，那天刚好是她的八十五岁生日。

　　我想，露西娅应当是想在这个特殊的日子，向我倾诉她最后的，也是最大的痛苦。这是成熟的人才能体会的痛苦，否认了对生命的坚持：她被认为不配成为一位母亲。

　　妈妈，跟我来吧。我会让你同那个有关事实的秘密完全分离。我用自己所知的一切构建你的形象，但我在所有的认知中，最重要的只有一点：你来带我走了。所以现在，我也来带你走，

　　给你自由，包括抛弃我的自由。

　　这些想法与信仰无关，即使我相信

　　露西娅已经成为一抔尘土，我还是会抱有这样的想法。这就是爱的伟大。

米 兰

只用干净的双手碰触她

写到这里,我认为有必要提及一位因偏见而饱受非议的天才:伊格纳兹·菲利普·塞麦尔维斯。1847年,这位匈牙利医生凭借直觉拯救了成千上万的母亲,同时也付出了高昂的代价——他供职的维也纳医院拒绝与他续约。

经过长时间的统计和观察,塞麦尔维斯根据经验推测出产妇高烧致死的原因,并提出了一个在当时看来非同寻常的假设:致命的疾病会通过肢体接触传播,是刚刚离开解剖室的医生和助理传染给产妇的。为了确保产妇的安全,塞麦尔维斯要求医务工作者养成一个很简单的工作习惯——用干净的手接触产妇:"离开解剖室进入产科病房前,请用氯石灰溶液洗手"。

医学界不能容忍有人指责是医生造成了患者的死亡,在他们看来,自己是为帮助患者而工作的。于是,塞麦尔维斯受到整个业界的嘲弄,还被工作的医院解雇了。最终,他因愤怒和沮丧患上了精神疾病，被送进精神病院。

1864年，巴斯德发现了链球菌感染，证实塞麦尔维斯的理论是正确的。这十七年中，不知道有多少人遭受了本可以避免的痛苦，又有多少人平白死去。第二年，塞麦尔维斯死于精神病院，原因是被看守打伤而最终患上败血症。有时候，来自生活的讽刺就是如此苦涩。

1924年，著名的小说家和医生路易·费迪南·塞利纳用自己的毕业论文纪念塞麦尔维斯。

米兰

1965年3月3日至14日，24号院，住院

十二月，气温降到了零摄氏度以下。那几乎是二十世纪六十年代最冷的一个冬天，阴冷潮湿的气候持续到三月下旬。从十月到次年五月，郊区总在下雨，就算打了伞，湿漉漉的雾气也会从土坑里的稀泥间升腾而起，舔舐粗羊毛大衣包裹下的躯体。然而，米兰的圣诞节仍可谓一场酣醉，白萨尔蒂开胃酒、沁扎诺苦艾酒、法齐斯服饰的霓虹灯招牌，车流背后断断续续的灯光，行人与汽车，电车轮胎和漏风的车门钢板相互摩擦发出嘎吱声……早在1956年，来自里窝那的诗人乔治·卡普罗尼就已经描述过这一切：

我的爱人，在黎明时分
酒吧的氤氲中，我的爱人，冬天是多么
漫长而又激动人心的等待！在这里等待你
血液中的大理石凝结成霜，眼睛

147

也尝到了清凉的滋味，在冰霜

之外的喧嚣中，我听见了哪一辆

电车声音？无人在意的车门

永远开开关关……[1]

提契内塞门周围，妇女们正在纳维利奥河里淘洗桌布和床单，而慷慨的实业家们则在这令人兴奋的忧郁气氛中，把寄给穷人的每周补贴翻了一番。

圣诞节是纪念圣母玛利亚的节日，露西娅一定会去附近的教堂做弥撒。在她步行十分钟可达的距离内，有一座装饰艺术教堂，叫作圣玛丽亚-贝尔特拉德教堂，露西娅通常就去那里。教堂附近还有一个表演即兴演说的酒吧，酒吧老板叫皮乔托，也是一位穿西装、打领带的移民。9月15日的守护神节日游行中，皮乔托塑造了一位忧郁的玛利亚，令人印象深刻。圣玛丽亚-贝尔特拉德教堂里有一座华丽的小礼拜堂，供奉着一尊十七世纪的七苦圣母雕像：鹅蛋脸的褐发少女身披紫衣跪坐，向右俯身祈祷，胸前插着七把真正的金属利剑。就在圣诞节来临的二十四天前，露西娅接回了自己的女儿，寒冷的冬日里，大家挤在一起，那一晚，露西娅终于感觉自己也有了家。

---

[1] 摘自乔治·卡普罗尼《〈第三本书〉及其他》，2016，朱利奥·埃诺迪出版社，都灵。——作者注

如果我是她（当然，我是说露西娅，不是玛利亚），那个夜晚，我一定能感受到自己正无限接近圣母。她是对上天顺从又坚定的小女孩，是圣子内心中最接近尘世的空隙，是所有母亲中最甜蜜的那一个。如果我是她，我将被那一晚深深触动，不住感慨：生活，就是爱在燃烧。

1965年2月16日星期二，露西娅二十九岁了。她将永远停驻在这个年纪。

那年二月，是二十世纪气温最低的三个月之一。2月2日，星期二，罗马遭遇了史上最大的降雪：短短七个小时内，松松软软的雪花就铺了三十厘米厚。整个罗马被白雪覆盖，城市弥漫着北欧童话般的气息。

米兰也被大风、浓雾和大雨所笼罩。3月3日上午10点，我因急性支气管炎烧到四十摄氏度，被送往马焦雷·尼古尔达医院治疗，直到14日，也就是下个周日才得以出院。

这份入院记录之所以引起了我的兴趣，是因为露西娅第一次写下了自己的具体住址：蒙扎大街24号。此时的露西娅需要对另一个生命负责，因而终于向住院部办公室的鲁索医生——也间接向她的女儿——透露了自己的居住地。

我立即打开三维地图查阅，实景街区里出现了一座带内院的五层小楼。它看起来像是那种几户人家共享一个大阳台的公寓楼，方便所有住户聚在一起。大阳台就架在车道入口上方，铁栏杆中间漆成白色，平台上人来人往。我私心一直认为，这样的楼房就是属于社区家庭的神话，我很想体会住在里面的感觉。于是，我立即订好了一家就在隔壁的民宿，准备在那里度过二月的最后一个夜晚和三月的第一个凌晨。距离入住还有差不多四十天，我预计自己将把时间都投注到这本书上，好好体会甜蜜，也好好告别。

2022年2月28日上午，我走进蒙扎大街24号院。这里的气息十分独特，人们少言寡语，每个行为都带有明确目的。院子里没有装饰，在这里，生活一切从简。这庭院算是米兰市区内一个秘密的存在：经过入口，能看见两个内院，分别由两座四边形砖色矮楼合围而成，从二楼住宅下穿过的一条短廊将两边连接起来（两座楼相互连接，同时分别与车道相连）。第一个庭院外的右手边有一片水泥地，五个圆柱形的垃圾桶摆成一排：不是现在常见的脚踏板控制的绿色塑料桶，丢垃圾的人需要握住桶盖上的把手打开垃圾桶，盖子回落时，会发出巨大的金属碰撞声，好像从前的机械师和锡匠还在这里工作。我想象着桶盖落下时穿透墙壁的砰砰声，焊枪工作时伴随火花发出的尖锐呲呲声，孩子们的足球飞向墙壁和卷帘门"进球"时的碰撞声，以及燕子在黄昏中翱翔时，母亲呼唤孩子回家吃饭的喊声。

这大概就是1964年8月底，六个月身孕的露西娅和她的男人并肩走进院门时听到的所有声音。在这里，露西娅过上了怀抱女儿的生活；在这里，她看见了生活走上正轨的希望；也是在这里，一对男女的生命力在芸芸众生中消磨殆尽。这里是散落银河的太阳系中

米 兰

唯一一个露西娅曾与我共同生活过的地方,是漫长的严寒到来前原始的微生态系统,被层层记忆包裹,勾勒出粗略形状。

2022年2月28日深夜,阵风时速高达四十三公里,温度(再次)降至零摄氏度以下。我裹好大衣,戴上风帽,到阳台上抽烟,顺手关上身后的落地窗,以免女儿安娜冻着。烟头在夜色中闪烁,好似在收集露西娅在这幅图景中的生活。不知道你住在哪一层,你是否也看到了窗户里的灯火和楼外闪烁的星星,还有夜色里行人的轮廓?回到房间,一只苍蝇毫无征兆地出现在我眼前。我的大脑一片空白,对这只昆虫微微一笑。这是一个生物与另一个生物的一次会面。

然后,室内的三个生命都自顾自地睡去了,房间俯瞰着我和露西娅曾经共同生活的庭院,沁凉的夜色飘浮在庭院里,又幻化成八月的炽热,迫使我和安娜解开衣服、踢开被子睡觉。我们在三月的第一个清晨醒来,置身于新世界。在这里,母亲以及母亲的母亲都将女儿圈在臂弯下,保护孩子免受寒冷。

太阳从大楼后面升起。露西娅的身上染上了黎明的颜色,也染上了每一个地方的色彩。

暗 中

我还从1965年3月的医疗档案中发掘出了一条信息：妈妈被记录为"无医保的钟点工"。露西娅肯定向七苦礼拜堂的神父忏悔过，奇妙的是，这位神父竟为她找到了一位不错的女性雇主，刚好需要一位年轻的乡下姑娘帮忙做些家务。但到底发生了什么，需要一位四个月女孩的母亲、有着身强力壮伴侣的女性，去做清洁房间的钟点工？

三个月后，朱塞佩的妻子阿妮塔女士才在报纸上给出解释：工地关停后（也许正是1964年10月完工的地铁施工），朱塞佩一直没能找到工作。那几年米兰劳动力过剩，朱塞佩只能一大把年纪重新做起泥瓦匠小工。对于一个五十六岁的人来说，要重塑人生是相当困难的，尤其是通过从事体力劳动重塑人生。而且，六十年代还没有混凝土防冻剂，所以从11月到乍暖还寒的春天，大多数建筑工地被迫关停，北方和山区的工地更是如此。

朱塞佩在米兰偶遇了妻子的兄弟——一名邮递员，他告诉对方自己正在等待一笔土木工程款项。出于自尊，朱塞佩撒了谎。与此同时，露西娅开始做小时工。当然，她也是暗中工作。

米兰

1965年4月27日星期二和6月1日星期二，在克雷森扎戈治疗小儿麻痹

三十天后本应是第三次配药的时间，露西娅却突然不见了。她既不在克雷森扎戈，也不在米兰。哪里都找不到她。

比安恰尔迪还说过："在北方，就算你摔倒在地，也没人会把你扶起来。你要相信，大家的力气只够勉强让自己不被蚂蚁吃掉，就算能维持生计，也是艰苦的。[1]"

在北方，在米兰的露天工地。

这些工地正一个接一个地关停，经济奇迹已经走到尾声。朱塞佩的确是一个成熟的男人，他天生乐观、精力充沛，在爱情的驱使下无惧重重困难，但他也有权利感到疲倦，特别是在被偏见和边缘化摧毁了意志的时刻。这一次，他并不是因为与爱情相关的道德问

---

1 见第110页的第1条注释。——编者注

题被社会所排挤——或者不仅仅因为这个。他们被边缘化，只是因为他们来自南方。南方移民的浪潮席卷了整个意大利半岛，这对不寻常的夫妇只是其中一朵浪花。

露西娅爱他，这毋庸置疑，否则她也不会贸然将自己置于丑闻之中，甚至差点被社会的公愤所吞噬。但她投资的眼光确实不怎么样，因为她选择了一个获利能力逐渐枯竭的男人。幸运的是，相爱的人没有道理可言，他们会承担爱的所有风险、所有后果，包括法律层面的后果。露西娅觉得自己可以承受这一切：她抛头露面，努力工作。然而，她美丽的头颅上还悬着一份刑事控告书，纠缠不清的旧事导致她既不能被老式纱厂雇用，也不能为当地的现代纺织业做事。总之，露西娅无法找到任何正规工作，因此她很有可能（通过灰色渠道）应聘成了马尔特萨纳运河沿岸某个富人家里的帮佣。二十世纪六十年代，人们都把克雷森扎戈称作"米兰的海滨"：郁郁葱葱的树林沿河而生，鸟儿婉转啼鸣，几座十八世纪的别墅坐落其间，阳台上鲜花盛开，藤蔓在廊架上肆意伸展，这里是被贵族选中的休假地。不过我想，一位不得不隐姓埋名、提心吊胆地过日子的女性，能挣多少钱呢？因此，我又探索了另一种可能性：我需要在克雷森扎戈接种疫苗。那时，露西娅不得不独自**支撑**（这个词稍后会再次出现）我们的小家庭，为了省钱，我们从蒙扎大街搬到了附近的卫星城区。不过，我在克雷森扎戈的搜索没有得到任何结果。我们从未在这里居住过。

米 兰

"那么，六个月的我，到克雷森扎戈要干什么呢？"

我心里多多少少有些猜测。直到有一天，我收到了等待已久的信封，里面是我的疫苗接种证书。黄色文件夹上方写着"学校医疗服务"的说明字样，千头万绪立刻变得有条理起来：为了干活，露西娅将我放在离她工作地点最近的市立托儿所。因为建筑工地会在春天重新开放，朱塞佩肯定也要再去找一份工作了。

生活，在某些情况下，就意味着逐渐放弃最初的渴望。为了生存，露西娅丢掉了最初的梦想，就像一棵缺水的树，只能任凭自己的花朵一点一点地凋落。露西娅做的正是和树木一样的事情。

但这还不够，还不够，还不够。朱塞佩没有找到工作，甚至零活都没找到。托儿所也在六月倒闭了。生活迎来了一个艰难的转折：他和她，朱塞佩和露西娅，必须独立面对艰难的爬坡期。对于他们来说，整个世界都是局外人，甚至敌人。也许是他，把她拖进了自己的疲惫中：这是他一生中的第三次失败。也许是生活太难了，也许是被打击得心灰意冷，朱塞佩再也吃不起以往下班后爱吃的紫色冰棍。这种粗制滥造的廉价冰棍并不健康，但每一次舌头被融化的糖浆染成深色，都曾令他开心不已。这个小家庭甚至无法给正在哺乳期的露西娅买一块肉。可以说，露西娅终于与她选择的男人分享了同一桩命运。疯狂、诚实、筋疲力尽。她的生活就是那棵在风暴中被雷击中的树。维塔利亚诺·特雷维森[1]写道："我把生命

---

1 见第110页的第4条注释。——编者注

交到他手中,换来一个机会,让自己得以去到没有他我永远也到不了的地方。"也许还有人记得他们。那位褐发母亲,站在父亲般的伴侣身旁,永远定格在工业夕阳的光辉中。

米兰

同一个人

克雷森扎戈有一栋带阳台的房子,被称作"美国小屋"。大概是因为街对面就是通往中央车站的有轨电车,从那里可以乘火车前往热那亚港口,生动又多彩的"美国梦"就从热那亚港口起锚。

二十世纪六十年代,一个院子就是一个微缩的村庄:食品小卖部、理发店、五金铺、面包房……各种商铺不一而足。楼房背后是纳维利奥河的河道,这里既是住户们的私人海滩,也是他们倾倒垃圾的地方,甚至承担了"夜壶"的功能。不过,人们有时大白天也会使用这天然的"夜壶",因为上厕所得去外面,四个家庭共享一个厕所,而每家差不多有四五个人。当然,大家也生活得很不错,人们因生存的需求聚集在一个社区里,小院属于每一个人,孩子们可以踢足球到傍晚,妇女们一边晒衣服,一边对邻里评头论足,分享烦恼和幸福;有时,她们会为了一颗洋葱大吵一架,但很快就和好如初,又在一张桌上吃饭了。

当时的移民就像现在的阿拉伯人：他们住在透风又漏水的临时房屋里，每个月只有几天能找到活干，根本没法做什么长远的打算。

"这不是我们曾经梦想的样子……[1]"

一句叹息贯穿历史，世上所有的语言和方言吐露出同样的痛苦、同样的愤怒、同样的屈从，仿佛我们都是同一个人。

---

[1] 引用自《美国小院》，2011年兰瓦尔·阿赫尼与弗朗切斯科·坎尼托合拍的纪录片。——作者注

米 兰

露西娅·加兰特的姿态和灵魂

住在伦巴第大区的帕拉塔人很少有机会进入都市,他们几乎都定居于米兰市郊,不是在蒙扎和博拉泰,就是在利索内。一位露西娅的同乡自1962年起就住在蒙扎,他在国家电力公司的工厂里工作,还顺利地安顿了下来。多年来,他不仅帮助了不少南方人进入公司并在这里安家,也为雇主提供了必要的保障:只要是他推荐的人,都没有印象中帕拉塔人的恶习(其中最常见的就是对工作缺乏兴趣)。

暮春的一天,露西娅敲响了这位同乡的门。她独自伫立在门外,显然不是为了给自己或者朱塞佩找份工作。我重走这段路线,又略微计算了一下,她得沿着蒙扎大街步行两个半小时以上,或者乘坐公共交通半小时,才能到达那位同乡的家。这么远的距离已经算得上一段小小的旅程了。露西娅是去打听她少年时的恋人托尼诺·德格兰迪斯的住址的。

她一定听说了，来自帕拉塔的朋友和同事们每周相约去托尼诺的农庄附近踏青，但她显然不在活动邀请之列。

沿着切萨雷·巴蒂斯蒂大街驱车十一分钟，便可穿过地形复杂的布里安扎地区，进入36号国道，驶向科莫湖和斯普卢加山口。如果时间充裕，也可以绕道博伊托路，走上绿意盎然的111号省道。这些地方当时都是乡村，荫蔽过托尼诺和他的朋友们的橄榄树至今仍蓬勃生长。

露西娅不知道农庄在哪里，但她清楚安东尼奥已不再是自己少时结识的那个托尼诺：他已婚，有两个孩子，第二个孩子出生于1963年。这些露西娅都知道。

这位同乡不忍心打扰朋友有序的生活，拒绝向露西娅透露有关消息。但他将这次神秘来访告知了托尼诺："你在帕拉塔的小女友来找你了。"托尼诺对这个消息印象深刻，并在五十六年后把这件事告诉了我。

露西娅，你在寻找什么？这是你第一次寻他，你想亲自向自己的初恋询问什么？

我去拜访了托尼诺。其实也没什么要做的，但我猜托尼诺会想抱抱我的女儿安娜，让她看看自行车和工作台，看看自己会做多少事情，看看这些年来他一直是个多么不错的人。你看，这就是我的生活。请你看看吧。

安娜的微笑是一份礼物，它跨越了几代人，落在终于相见的生命之上。

米　兰

最后一扇门

　　1965年6月1日星期二，露西娅严格遵照医嘱，带我回克雷森扎戈治疗小儿麻痹症。几天后，她带着七个月大的我，回到她父母的农场里住了一晚。彼时，露西娅的弟弟正在乌迪内服兵役，母亲可以草草应付平常的家务，把心思放在别的事情上面。她精神抖擞地走向菜园，采摘时令蔬果作为晚餐。

　　这幅场景发生在一楼。或者说，这不仅仅是一个生活场景，更像是命运转折点的缩影。这个下午，五位女性在生活的舞台上依次上场：一个是劳拉，小女孩仔细观察着这个片段，并在五十年后用极其科学严谨的方法记录下每一个细节，以文字为我点亮这段故事。一个是我，小婴儿对一切都还没有概念，只是躺在柳条筐里，望着院子的一方天空。再就是一小撮围拢谈话的人，她们是一个年长的女人和两个年轻女人，其中一个年轻女人就是露西娅。

　　那只叫"米老鼠"的狗本该像一条毯子似的伏在露西娅的脚背

上，但它现在已经无力起身，只能趴在花坛的泥土中，从熟悉的震动里感受露西娅向自己走来，在原地为她摇两下尾巴。露西娅听见"米老鼠"的声音，将目光转向那丛颤抖的玫瑰。

她知道，玫瑰摇晃，不是因为风。

露西娅身穿一件白色短袖衬衫，配及膝黑色百褶裙。她现在穿得像城里人，知道什么衣服适合自己，比如这套学院风的服装。她又恢复了极瘦的身形，依旧带着孩子般外向和真诚的神态，在门前低声跟姐姐和妈妈说话，只是谈的都是改变命运的话语。

第二天一早，露西娅就离开了。母亲哭得很绝望，几乎说不出一句完整的话来："她走了，她为什么不留下来？我什么都不知道……我跟她说留下来！她说她不能留下。她和谁一起走的我也不知道……我什么都不知道……"

露西娅十分清楚自己不能留下。她身上还背负着两年的牢狱之灾，不然就得选择接受更糟糕的结局——回到丈夫身边。那么，她到底在寻找什么？为什么她要在黎明到来之前，带着孩子不辞而别？

米兰

1965年6月16日，一部分

　　1965年6月16日，我出生第八个月的第一天，露西娅去米兰市政厅给我开出生证明。露西娅打算给我一个身份，用路易吉的名字填补证明里"父亲"一栏的空白，保护我不会因"罪孽之女"的身份而遭到排斥。我不断重复这件事，就像她不甚理智但又极度清醒地坚持这么做：露西娅希望正式宣称我是她丈夫的女儿，给予我作为一个合法子女的社会身份，即使她的丈夫心知肚明，自己从未碰过妻子。事情发展到现在，露西娅的每一个动作都在一个大框架下推进，她的每一个想法都是计划的一部分，只为了那个目标而存在。冷静、严谨，因为她已无法回头。

罗 马

ROMA

罗马

1965年6月24日星期四15点30分，证词

初夏的午后，阳光慷慨地照耀着罗马城。

现在是1965年6月24日星期四，时间差不多是下午4点。此时意大利共和国的总统是朱塞佩·萨拉盖特，总理是阿尔多·莫罗，副总理是彼得罗·南尼。

一个小时后，披头士乐队就要在米兰的戈雷利自行车赛车场开始演出，并在晚上再加演一场。演出激起观众疯狂的热情，一天内创造了五千八百万的票房收入。第二天，这支乐队在罗马也有演出，但由于在罗马受到冷遇，演唱会只进行了半小时便草草收场。

此时，三十四岁的伊沃·米库奇正静静地漫步在乔治·华盛顿大街的阳光下，这是他每天去国家经济和劳工理事会上班的必经之路。国家经济和劳工理事会属于政府咨询机构，在历史悠久的卢宾别墅里办公。卢宾别墅建于世纪之交，位于一座小山丘的坡顶，理事会自1958年以来一直设在这里。

1995年，也就是本书的第二阶段调查期间，米库奇本人告诉我，在路上，他被一个奇怪的场景吸引了注意力：博尔盖塞别墅入口处的弗拉米尼奥广场上有一段气势恢宏的拱廊，旁边有一片草坪，一个毛毯包裹的女婴被放在草坪上，既没有哭泣，也没有吵闹，活像个飘浮在世间的幽灵。这一幕几乎没有声响，也毫无存在感，婴儿稚嫩的身躯和微弱的力量与外部世界极不相称。

　　年轻的米库奇被吓坏了，满脑子只想着援助。他环顾四周，却没看到任何人。倒是那个女婴截住了他的视线，向他伸出双臂。米库奇迟疑了一会儿，还是弯下腰抱起了孩子。就在此时，他从余光里瞥见一个年轻女人匆匆离去。

　　有人在博尔盖塞别墅的草丛里发现了个"高声哭号的小可怜"（6月25日《国家晚报》，同一篇文章里又描述了孩子"微弱的哭声"），她"浑身褴褛"（6月30日《国家晚报》），甚至"包在一堆烂布条里"（6月30日《信使报》）。这孩子就是玛丽亚·格拉齐亚·格雷科。而我，玛丽亚·格拉齐亚·卡兰德罗内，晚些时候才会出现。

　　弗拉米尼奥广场的停车场管理员向宪兵队证实，他曾在下午3点30分或是再晚几分钟的时候看见"一对衣着褴褛的夫妇，看起来像农民，犹疑不定地在草地上徘徊，很绝望的样子。不久后，就有人在草地上发现了女婴"（还是6月25日的《国家晚报》）。

　　同一天，《团结报》声称，女婴被一条粉蓝格子披肩裹着，

罗　马

穿了米白色T恤、白色衬衣和浅色外套，外套上有一个驴头图案，这身衣服证明她确实是穷人家的孩子。那天室外温度有三十七摄氏度。也许有人觉得，露西娅就像所有母亲一样，只是无端担心孩子着凉，但露西娅有自己的原因，她知道玛丽亚·格拉齐亚总是冻得四肢麻木。只有夏天才能将我从层层衣物中解脱出来，可惜母亲和我从未共度过美丽的夏天。那时，我的洋娃娃也还没脱掉厚重的衣物，但她不在我身边，她在半小时车程之外的地方。

伊沃·米库奇将女婴带到工作的地方，在咖啡厅给她找了点牛奶喝。这不同寻常的一幕给在场许多人留下了深刻印象，包括意大利共产党的一位干部贾科莫·卡兰德罗内。米库奇随后把孩子交给了国家经济和劳工理事会的值班人员，他们把我带到弗拉米尼奥警察局，请安东尼奥·瓦里斯科中尉进行初步调查。

1966年，瓦里斯科将开始负责罗马的法院警卫工作，1979年7月13日上午，他被红色旅[1]用一把残缺的猎枪射死。1982年，安东尼奥·瓦里斯科被追授"英勇公民"金质勇气勋章。

当然，瓦里斯科那时还没有牺牲，按照常人的想法，他当然希望婴儿的父母会找来警察局。然而，众人白白等待了三个小时，没有人找来。18点45分，弗拉米尼奥警察局的宪兵队上士德尔高迪奥做出决定，将这个"无名女婴"送往多里亚·潘菲利别墅。当时，

---

[1] 红色旅，意大利极左翼军事组织，成立于1970年，声称其宗旨是对抗资产阶级。该组织最著名的行动之一是在1978年绑架并杀害了意大利前总理阿尔多·莫罗。

别墅里的省儿童援助所已经收容了四百四十一名身份不明的儿童，就在同一年，别墅里的修女们还将帮助九百五十个孩子找到家庭或其他机构收养。这就是当时被遗弃的新生儿体量。

一枚印有序列号65124的徽章与女婴放在一起，作为标记。婴儿的病历上写着"神志清醒，可以发出少数单词，没有牙齿"。小小的我饱餐了一顿之后就睡着了，"睡得太熟，甚至没法叫醒拍照"（6月25日《信使报》）。这样看来，那天算是我一生中最忙碌的日子之一。尽管知道这件事时我还没有意识到自己就是那个女婴，但在这里我还是忍不住用了"我"这个字眼记录下一切。稍加接触后，记录里将孩子的性格描述为：开朗。

罗　马

我以啼哭呼唤你
（在新古典主义风格的拱廊之间）

抛弃孩子的地点和时间显然十分重要。一个八个月大的婴儿，被遗弃在夏天的花园里。

我在上一章里已经写过，博尔盖塞别墅宏伟的入口处，有一段新古典主义风格的拱廊，连接着别墅和弗拉米尼奥广场。建筑师路易吉·卡尼纳在1872年奉教宗卡米洛·博尔盖塞[1]之命修建了这段拱廊，拱廊距离孩子被抛弃的地方仅几步之遥。把新生儿放在这样一个地方，实在是很奇怪。这空间无序、分散、巨大，很容易让小小的身体生出迷失的感觉。也可以说，这里是通向另一个世界的入口，是通往梦中的大门。可这小东西连移动都需要帮助。当然，很快就会有人帮助她了。

从时间上说，时机的选择完美得令人震惊。我刚满八个月，露西娅就为我办理了出生证明。一周后她便来到罗马抛弃我。

八个月大时，新生儿断奶期结束，饮食习惯开始改变。八个月

---

[1] 即教宗保禄五世，1605年5月至1621年1月在位，博尔盖塞家族成员之一。

大时，新生儿开始爬行，慢慢学习用两个手指抓握东西。八个月大时，新生儿开始怀疑自己与母体是两个不同的个体，经历生物学意义上的恐惧（该过程在心理学意义上也几乎同步），担忧自己被母体抛弃，害怕以软弱无力的身躯独自面对陌生世界。在八个月的婴儿看来，沉默如镉元素一般散发着可怖的光芒。与母亲的分离焦虑是我们每个人必须面临的课题，好在，在刚出生的新生儿看来，可以将所有大人视作保护者。

如此精准的时机和地点选择会是偶然吗？可是，我真的无法想象，自己的父母坐在蒙扎大街的家里，在桌上摊开育儿手册，就是为了等待我成为一个自主的独立体的那一刻，然后抛弃我。但他们对现实的认知不足，以致被抛弃的事实还是让我的心理成长过程过于痛苦和不稳定。假如露西娅和朱塞佩真的严格选择了抛弃我的时机，那么我认为他们很有可能只是接收并解读了神秘生命发出的一些新信号，例如我与母亲分开时的第一声啼哭。就像塞麦尔维斯一样，每一位母亲都能够通过观察和推理，构建自己的经验科学。

凭借着母亲的直觉、科学理论或者一些机缘巧合，我还是赶在无法与母亲分离之前离开了他们。此时，我还处于新生儿"可以将所有大人视作保护者"的阶段，并就此定型。

根据《今日画报》杂志刊登的照片，那时的我已经可以抓住婴儿床的栏杆，依靠自己的力量站立了。对新生儿来说，拱廊里的高柱就像婴儿床的栏杆，二者的内部比例大致相同。

罗马

博尔盖塞别墅的入口，罗马（黑白照片，维基共享资源）

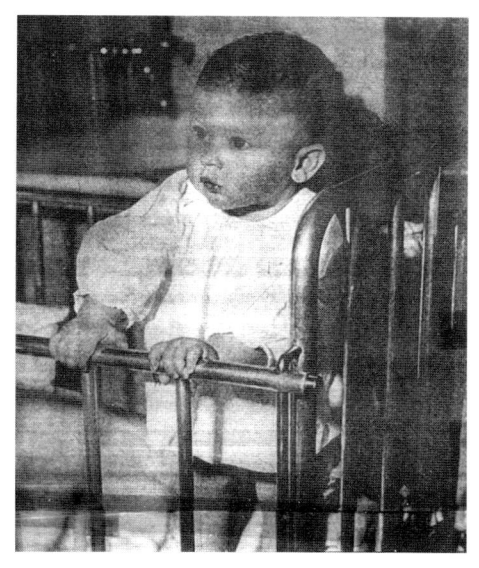

1965年7月15日，《今日画报》杂志刊登了本书作者玛丽亚·格拉齐亚·格雷科的照片

露西娅逃离的29个春天

6月26日星期六，一封信

6月26日星期六上午，《团结报》收到了邮递员投来的一封信，上面盖有"罗马铁路"的邮戳，时间是1965年6月25日上午10点：

> 在博尔盖塞别墅被人发现的女婴名叫玛丽亚·格拉齐亚·格雷科，1965年10月15日出生于米兰（原文如此）。我将她遗弃在罗马，因为我的男友没有经济能力抚养她，而我的丈夫，也就是孩子的父亲，否认她是自己的孩子。于是我走投无路，别无选择，只好将我的女儿托付给世人的怜悯，而我和我的男友也将为我们的所作所为，为我们曾欺瞒的事实或曾犯下的过错，付出生命的代价。

露西娅·加兰特·格雷科

罗　马

"那时，你将接受祭祀、贡品和燔祭：看哪，祭坛上是献给你的牛犊[1]。"既然这封信能够送出，就证明直至6月25日凌晨，两人中至少还有一人活着。记者们奔走相告，各种报纸互抄这一消息。

据6月30日星期三《团结报》报道，25日星期五下午，露西娅和朱塞佩又给收留我的援助所传了几句话。他们在报纸上看见我被省儿童援助所收养，便向援助所再次确认了我的姓名，并表达了"已决意自杀"的决心。省儿童援助所的档案里保存了这封信的信封，但里面的内容却没有保存下来。

机动小队长尼古拉·西雷博士，人称"拉齐奥的梅格雷[2]"，他迷人、有教养，又令人生畏，但他在1973年被人指证给老弗拉米尼亚街的地下赌场提供方便，在调查结果不确定的情况下被草草定罪。总之在当时，尼古拉·西雷周密部署了电话传报和调查工作，却没有找到露西娅·加兰特·格雷科的踪迹，也没找到她那位未透露姓名的"男友"。罗马，甚至整个拉齐奥地区的旅店和家庭旅馆都没有他们的入住登记和床位租住记录。他们从未去过这些地方。可以说，除了博尔盖塞别墅，他们没有去过任何别的地方。

1　见第44页注释。——编者注
2　朱利叶斯·梅格雷，侦探推理小说《梅格雷探案集》的主角，是法国著名侦探小说作家乔治·西默农笔下法国巴黎市警察局里最厉害的警官，也是世界范围内大名鼎鼎的侦探。

台伯河，看流水欢笑

1965年，台伯河仍是罗马人生活中的主角。这是一条与平常街道无异的路，是一条拥挤的淡黄色水道。戏水的人、骑自行车的人、闲逛的人……大家从不同方向、以不同方式与台伯河相遇。罗马人称它为"河"，不用冠词，就像一个专有名称。"河"让人又怕又爱，它常夺走冒失者的性命，也陪伴对生活失望的人从容走向死亡：

"我将自己投向台伯河。"

这是生活出现难以解开的死结时，最极端也是最迅速的解决方式。这也是1961年，帕索里尼的第一部电影《乞丐》中主人公终其一生梦想的安宁：像天使一样从桥上飞落，结束自己糟糕的一生。

"来吧，让台伯河干翻一切！"

和乞丐一起终日游荡的同伴莫西干取笑他。生活总是索取，没错。但没说一定会回报。

罗　马

　　台伯河每隔一段时间就会泛滥,洪水冲向又高又厚的城墙,涌进罗马城,夺回高墙以内的空间。1964年至1965年间,"河"三次涨水(前两次在1964年12月,第三次是1965年9月3日),展现了自己非凡的实力,顷刻间夺回了神圣的名声。

　　而当"河"轻柔地呼吸时,无足轻重的凡人们便在它身边休憩。夏季,太阳将暑热倾泻向城市,人们或站在河岸的沙堤上,或跳入沁凉的金色水面,躲避咄咄逼人的阳光。日落后,影子被天光拉得老长,人们就去往河滨浴场和货船上的酒吧、餐馆。他们吃饭、跳舞,喝得酩酊大醉。兴之所至,便滑入水中。

　　早在二十世纪二十年代,台伯河左岸的米尔维奥桥外,也就是现在的弗拉米尼奥河岸,就有了波尔韦里尼沙滩。沙滩的名字来源于河岸的船夫们,他们勤勤恳恳,将前来度假的游客摆渡至台伯河右岸的普拉托·法尔科内村落。沙滩位于奥斯塔公爵桥和复兴运动桥之间,一片白色细沙上,能看见远处郁郁葱葱的蒙地马里奥山。《信使报》对此描述道:在那里,度假的人们"在几乎无人的街道上尽情享受自由,赤身裸体在阳光下沐浴,有些人一待就是一整天"。波尔韦里尼沙滩是外台伯河区雷内拉沙滩的姊妹景点,但这里更好,因为雷内拉沙滩不允许人们裸体晒日光浴,以免路人对他们裸露的身体浮想联翩。

　　对于台伯河的摆渡人来说,1932年是尤其艰难的一年。他们被迫离开波尔韦里尼沙滩,去为统治者组织的夏令营服务。**罗马领袖只饮纯净的台伯河水。**与此同时,意大利的犹太人第一次按照贫富程度为船夫的摆渡服务划分等级：富裕的人能负担起私人俱乐部和业余俱乐部的大船，而没什么钱的游人则只能和各种设备挤在一艘船上，比如路易吉·鲁道夫·贝内代蒂的驳船"圣天使的埃尔·西里奥拉"。这艘船在八月节里比奥斯蒂亚[1]还要拥挤，甚至被好几位偶然经过的知名电影制作人选为取景地：1953年，威廉·惠勒将这片水上平台搬上了奥黛丽·赫本和格利高里·派克主演的《罗马假日》；四年后，迪诺·里西又将《贫穷却美丽》的背景设定在西里奥拉，美丽的女孩在这里机敏地拒绝了穿着帆布裤的男孩对她的示爱；再之后是1961年上映的《乞丐》，主人公看见心爱的女孩斯泰拉与另一个男人在木板上翩翩起舞。

"西里奥拉"在方言里是鳗鱼的意思，埃尔·西里奥拉则是捕鳗鱼的渔夫，同时这个词也指神话中两栖动物的保护神。他在渔场前用杆子围起的一片水域被称作"加利纳罗"，成群的孩子每天在那儿叽叽喳喳地戏水。这片水域十分安全，在酷暑中和干燥的午后尤其适合玩耍：孩子们穿着纯棉裤衩，吵吵嚷嚷地泡在母亲般温柔的台伯河水中，稚嫩的脚下是金色的太阳在晃荡，头顶是救生员被映成金色的瞳孔。除了欢乐的孩子，这双瞳孔还见过太多失意的恋人，他们在救生员身边做出"正当的""极端行为"，而救生员则因为救起了两百多名落水者被授予"公民英勇勋章"。爱情有自己的荣誉法则，但生活亦是如此，**活下去的意愿**也是一种法则。

---

[1] 台伯河入海口。

不久之后，人口增长和城市化污染了河水，钩端螺旋体病以及可能并发的韦尔病在水流里传播。为应对这致命的危险，罗马城开始禁止水浴，不再准许游人涉足城市里的浴场。

当然，台伯河水还是会不时发出欢笑声。笑是一个古老的词，这个词语曾经被用来形容哗啦啦跳动的流水轻松愉快，也形容浅水或遇到障碍的水流激起小浪花的声音。

露西娅逃离的29个春天

6月27日星期日，泳衣

6月27日星期日深夜，多蒂夫人在台伯河水域发现了一具漂浮的女尸。

尸体在台伯河发明家河段的上游被发现，就在马可尼桥向外一点，这里正是市长维尔吉尼娅·拉吉准备重修夏日度假沙滩的地方。多蒂夫人立即通知了附近的波图恩塞区警察局。

河段警察将尸体打捞上岸。他们注意到，这名妇女披散着黑色长发，身高经测量一米六五，赤脚，没有身份证明，但左手的无名指上戴着一枚婚戒。她身穿棕色碎花上衣和乳白色衬裙，外衣下还穿了一套泳衣。这无疑是一种很端庄的姿态。

换个角度看，很多人都认为这是一件值得怀疑的怪事。因为那一年，人们仍然可以前往台伯河的河滨浴场洗浴。

罗马

是她,"美丽的水下雕像[1]"

我们立即就能反应过来,那具女尸便是露西娅。

弯腰俯视这副已经变得陌生的躯壳,重新整理、清洁她的面庞。看着她,直到她开口说话。聆听她在无法触及的距离之外说出的每一个词语。从被遗弃的躯壳中收集意义,究竟是为了什么呢?

露西娅,我希望你重新绽放出恋爱时柔和的、孩童般的笑容,而不是在某个星期日清晨发现你嘴角的肌肉被无法释怀的失望牵引着,因痛苦勾勒出奇怪又狰狞的弧度。为了你,我走进自杀者身后留下的生命荒漠,直面他们无意中流露出的讽刺。我只想要你的顽石开花。

所以我开始认真调查。首先考虑的是露西娅在河边沐浴时遭遇

---

[1] 摘自马蒂亚·巴萨尔乐队的歌曲《我听见你》,阿尔多·S.斯泰利塔作词,塞尔焦·科苏、卡洛·马拉莱作曲,1985年由环球音乐发行记录有限责任公司和BMG版权(意大利)有限责任公司发行。在全球范围内保留版权。授权由哈尔·伦纳德欧洲(意大利)私人有限公司重新制作。——作者注

悲剧的可能性。

在露西娅死亡前的几天，一场突如其来的热浪袭击了罗马城，整座城市几乎要融化在异常的暑气中，连城里的人都变得怠惰起来。6月27日《时报》将其描述为"一场闪电战"，"夏日突击队手持喷火枪开始行动"。人们跳进华丽的喷泉里消暑，把好好的城市景点搞得乱七八糟；警笛声刺破午后的闷热，消防车匆匆赶去扑灭自燃的城市灌木丛。例如，科尔蒂纳丹佩佐路附近的灌木丛烧了起来，出动了足足四辆消防车。然而，罗马的绿化带还是几乎全部被毁。全国各地都有人死于"心脏麻痹及中暑"，许多公司决定6月29日星期二放假一天，将圣彼得节和圣保罗节的假期连起来。在1965年，这两个节日都还是全国统一假期，直至1977年才改为罗马地区特有的保护神假期。因此，从6月25日星期五晚上开始，炎热的天气和不期而至的漫长休息日便让城市变得干涸，还有一点空旷。

让我们试着把24日星期四在公园门口丢弃女婴的那对夫妇放到这世界末日般的场景中。

"露西娅，我们去河滩晒太阳吧。"

然后，女孩不慎滑入河里，就像德·安德烈歌里唱的马里内拉一样。而你那位英俊的泥瓦匠此时又会怎么做呢，露西娅？

我断然拒绝这种假设，因为它冒犯了露西娅和朱塞佩的尊严与痛苦。承认这一假说，就等于承认露西娅在与我分别后的一至两天内，被朱塞佩或者其他人以享受日光浴的借口诱骗到河滩上，结果却被推入水中，或者自己不慎滑落水中。

之后我们就会发现，露西娅是拥有好几件内衣的。我将自己代入当时她理性的头脑，进入她有思想的灵魂：露西娅认为，即使她去世时穿的那件深色衣服，一旦浸在水中，也会变得透明，要么会凌乱不受控制地浮起，要么会黏附在身体上，赤裸裸地勾勒出身体的形状。为了保持端庄，她决定穿上两年前去海边治疗不孕症时买的泳衣，以代替内衣。

如此看来，穿着泳衣并不意味着露西娅当时在河边沐浴。与此相反，这恰恰表明了她明确、坚定地准备投水自尽的决心。

在平常的衣服下穿泳衣表明了一个女人即便死后也不愿被玷污的神圣姿态，露西娅通过这个动作维持了自己的尊严，表明她对自己、对自己的身体、对陪伴自己走向死亡的那个人最后的尊重。我对她的决定感到由衷地敬佩。

露西娅逃离的29个春天

求主垂怜

母亲
你与我同在,就像额上
无法愈合的伤口。
不会一直疼痛。心绪
直到死去才缓缓流出。
只是有时我会失明,感到
嘴里有鲜血淋漓

戈特弗里德·贝恩《停尸房》[1]

既然尸体是被岸上的人发现的,说明它已经浮出水面。那么,尸体为什么会漂起来?

---

1 摘自戈特弗里德·贝恩《停尸房》,1997,朱利奥·埃诺迪出版社,都灵。——作者注

罗 马

最简单的假设是：细菌已经在尸体内部开始工作，生产了甲烷、二氧化碳和硫化氢。根据浮力表，在六月至八月这段炎热的时间里，即使水下没有任何缠绕，也没有其他阻碍，尸体也至少在死后两天才会浮出水面。因此，骨灰盒上标注的26日星期六一定是个错误的死亡时间，露西娅在尸体被发现前几小时投水的假设不可行。

露西娅的遗骨是从公墓的骸骨堆里被掘出来的，发掘前我对此事并不知情。她的骨灰装在一个锌质的小盒子里，盒身上用黑色水笔注明了死亡日期：1965年6月26日。我一直认为这是直接从验尸报告中抄录的日期，实际上，这个时间点至少是可疑的。而且，盒子上写的出生日期也不对：露西娅出生于2月16日，而不是2月19日。

如果我们将26日视作真正的死亡日期——即露西娅的尸体是在6月27日凌晨被发现的——就必须考虑两种假设，其中一种令人心碎，而另一种让人毛骨悚然。

第一种假设是喉痉挛：出于身体在绝望中的自然生理反应，露西娅的肺部仍存留着充足的空气，在类似案例中，有10%是由于人的身体为了自我保护而产生喉痉挛的症状。躯体也许丑陋，但它仍在尽力保护自己不受死亡意志的侵害。人体自有的求生意志和居住其间的灵魂进行着无声的斗争，产生剧烈的呕吐感（这是为了排出进入呼吸道的液体）和喉痉挛的症状（关闭喉咙通道），然后导致肺水肿（肺部充血）。关闭声门通道可以辅助人体封闭上呼吸道，防止溺水的人将液体吸入肺部。当然，人体对生命的渴望也有可能导致死亡：如果在此期间，溺水者的自杀意愿减弱，浮出水面，自然就能恢复自主呼吸；然而，如果在水下的时间过长，超出了自己的憋气能力，那么就算获救上岸，也会在干燥的环境中窒息而死。死亡的结局只是推迟了几秒到来而已。

这种情况被称为"干性溺水"。尽管死亡时间不长，身体里的细胞还没来得及分裂，产生气体，肺部留存的空气也能托起躯干，让它轻轻地漂浮在水面上，不像呛水溺亡的尸体那样因重量被拖往水下。

如果露西娅是死于致命的喉痉挛，她甚至有可能是在27日当天投水自尽的。要确认她的死亡时间，就不应将浮力作为主要研究对象，需要寻找其他的线索。

要么，就得接受第二种假设——露西娅是在已经死亡或者失去意识的状态下被抛入水中的。在这种情况下，她的上呼吸道和肺部自然会充盈着此前自主吸入的空气，但因为不能控制自己进行呼吸，所以无法自救。

罗马

研究报告

我从未想过自己会认真研究尸体的变化过程。但我的确这么做了,因为研究它可以帮助我更好地推测出赋予我生命的女人死亡的时间和原因。查看《特雷卡尼百科全书》里的词条"溺亡"时,我为某些字句的美感所深深震撼:"(尸体)有时会部分出现皂化现象,白垩样物质上镶嵌着钙盐沉积物、霉菌、藻类或其他水域动植物群的产物,其中包括色素微生物,它们共同赋予了尸体奇怪的天鹅绒质地、丰富的色彩和铺满草本植物的外表。"

万事万物,真正意义上的万事万物,都可以成为诗歌。杰出的解剖学家戈特弗里德·贝恩创作的诗集《停尸房》就是例子。这本诗集的文字风格朴实无华,讲述了1912年以来贝恩与停尸房的故事。2004年,伊万诺·费拉里的作品《屠宰场》再次证实了这一点。作品中的诗句滓满了尖刻、愤怒、犀利和不知所措,各种情绪混杂着,就像一个敞开的伤口。如若我们忽视它,它必定会血流不止，所以我们必须让最清楚的词句从伤口中涌出，直至痛到痉挛。真是畸形又怪异。

至此，我又绕回了那个关键问题：为什么被露西娅抛弃的那副躯壳——从纯物质的角度来看，它是一具尸体，已经完全无法展现任何有关生者的特征——是在6月27日星期日那个闷热的早晨被发现浮在水面的，但她的死亡日期却被认定为26日呢？

如果是溺水死亡，气体会集中在躯干的上半部分和腹部；但在干性溺水的情况下（喉痉挛引起死亡或者入水前已经死亡），空气便只会封在胸腔里。

可以想见，在第一种情况下，充满气体的身躯会面朝下漂在水上，头部和四肢朝向水底，整个背部大剌剌地浮出水面，仿佛被拉向天空；而在第二种情况下，应该只有躯干浮在水面上，身体的其他部分都会半沉在甜美如恶魔的河水中。

时间已过去多年，我们当然不可能再去打扰多蒂夫人，追问她尸体与河面的位置关系，问她尸体嘴唇上是否有蕈形泡沫[1]，是紧闭还是张开着；问她是否记得水面下若隐若现的那双手是已经泡得又白又皱（也称作洗衣皮，夏季皮肤泡在水里十二小时内便可形成），还是惨白但不自然地肿胀着（称为手套皮，皮肤部分脱落引

---

[1] 溺亡者的气管与支气管黏膜受溺液的刺激，分泌出大量黏液与吸入的溺液混合，经剧烈的呼吸与空气搅拌，形成大量均等细小的白色泡沫。

起肿胀，在水里浸泡三至八天形成）。当然，就算理论上可行，从道德层面来讲也不该强求。由于不能通过近六十年前的他人视角弄清露西娅尸体的状况，我无从得知她的躯体上是只有水生生物（鲤鱼、鳗鱼，乌鱼等）造成的损害，还是也包括空中和陆地上的动物（啮齿动物）造成的伤害。于是，我决心采取最困难的办法。只是写下它，我都已经感到费力：寻找母亲的尸检结果。

爱不曾至

12月30日，我给罗马检察院档案室打电话。档案管理员十分礼貌地向我解释，所有的公文（包括调查文件），除非具有重要的历史意义，都不可能保存四十年，早已成为纸浆。但他也承诺会仔细查阅档案，检查是否有任何保存下来的信息，哪怕只是一个验尸医生的名字也好。档案员同时指出，"伤害自身罪"的相关公文原本规定的保存时间就比较短。

我意识到，露西娅应该犯下了三项罪行：遗弃儿童、自杀，以及这两项罪行的主要诱因，也是她犯下的第一项罪行——通奸。

可以说，只要自杀成功，刑事处罚的威慑力便起不了任何作用。但我又很快发现，罪犯露西娅在忍无可忍的情况下选择结束自己的生命，依然会受到惩罚。

与此同时，我向意大利国家档案馆递交了一份申请，希望能够

罗马

亲自核实馆里是否保存着死于1965年的露西娅·加兰特的档案。我怀着一种奇妙的心态等待批准，期待着档案能够揭晓更多未知的答案。我觉得自己正在履行一项推迟了几十年的职责，和你一起去到爱不曾至的地方，也是你没有带上我一起奔赴的地方：死亡。我只是想知道，当时的你有着什么样的感受。

淡水中的溺水者会在三至五分钟内死亡。水通过肺部毛细血管渗入人体血液循环系统，使人体内循环的血液总量翻倍，让红血球膨胀至爆炸。同时，血红蛋白运送氧气不足会导致心室颤动，引发致死性心律失常。

过了最初的两分钟，溺水者便会感到胸口有强烈的灼热感和沉重感，再之后，到了死亡前三四分钟，心脏循环骤停，缺氧导致意识逐渐丧失，灵魂会产生一种安宁的感觉。

看来，在水中死去是最为甜蜜的。
两分钟后，一切都会被遗忘。
两分钟后，水面下是你的乡间星空
是童年的清晨，是复活节
是准许你和心爱的狗一起睡觉的
母亲，
还有我，我在单面镜前缓缓坐下
从未来看着你，

我在世界尽头看着你
我让你
自由，我让你
如此无药可救，
而对我来说，我只想看清
无人在意的
你的孤独。

我们在一个蓄满光的水池。我向你迈出的每一步都发出水下的声响。

露西娅，希望你离开时，能听到节日的钟声，沉睡中的乡村正下起瓢泼的花雨。

我希望你终于能好好休息。

罗　马

6月28日星期一，留下的物品

下午6点，意大利旅游公司的行李搬运工，三十五岁的弗朗哥·马斯特兰德雷亚向警察报告，有"四个包裹"被丢弃在他工作的公司总部门前，就在罗马艾赛德拉广场的拱廊下，已经好几天了。

包裹就放在地上。艾赛德拉广场的拱廊地面由大块彩色大理石铺就，与我家大楼入口处的地砖相似。一个奇特的巧合。

一些穿警服的人把我们的东西放在警察局的桌上。谁知道他们会不会可怜这些东西，会不会怀着爱意

触碰它们，把它们放进

死者的物品袋里。谁知道他们已经多少次拼凑死者的物品了，穿着这身制服的人必须保护自己免因类似物品发出的痛苦尖叫，

虽然它们现在只是些无用的东西了。也许他们相互开玩笑，也许他们打开那个被遗弃的手提包时，也想到了自己的母亲。

我在此罗列出他们留下的物品：

一个绿色人造革手提箱，装着折叠好的男装和女装、米兰市政府6月16日签发的玛丽亚·格拉齐亚·格雷科的出生证明，以及一个金手镯；

一个黑色海豹皮男士公文包，里面有朱塞佩·迪彼得罗的驾驶证、一支自来水笔、一些建筑工程的复印件和几封最终也没有寄出的信，信件里，朱塞佩还在拼命请求以前共同承包工程的同事为自己提供随便一份工作；

一只黑色女式手提包，内有露西娅·加兰特的身份证和其他一些物品，她的身份一栏写着农民。

其他物品可以在6月29日《信使报》第5页刊登的照片里看到：
露西娅身份证照片里戴的那条金项链和一对深色扇形宝石耳环、一个相同款式的吊坠、一条挂着十字架的合金项链、一枚戒指、一块钢制手表、两只装在珠宝盒里的吊坠耳环、一枚镶有红色宝石的金属戒指，以及两把散放的钥匙；

一个红色的尼龙网兜，里面有婴儿的尿布和衣服，还有一个至少四十厘米高的塑料娃娃，几乎和当时的我一样大小，娃娃梳着短发，露出耳朵。

罗　马

除了婚戒，露西娅摘掉了身上所有值钱的东西。

然而，在不知多少天的时间里，没有任何人碰过那个被遗弃在地上的手提包。

警察只拍下了那些贵重物品的照片，但在1980年，我收到了一个手提包，里面装着一个黑色仿鳄鱼皮零钱包，里面有1958年印制的20里拉；一管印着"免费样品，不可出售"的高露洁牙膏；一个透明的浅蓝色塑料梯形包装盒，白色盖子，里面装的是斯蒂拉牌眼药水，液体静置多年后已经变成一颗直径约两毫米的卵形蓝色石头；一页精心折叠的福汉斯漱口水宣传单；两只白色的结婚手套；一个塑料男士衬衫护领；一枚带有蓝色墨迹的青铜顶针；还有装在一个圆罐子里的妮维雅护手霜，正如2010年我第一次尝试记录下这件事时描述的那样："锡管上有轻微的不规则褶皱，罐底还保留着右手食指留下的印记和半圆形划痕。所有女性都以同样的手势取用护手霜[1]。"

物品中还藏着一份来自时间的礼物，但我当时并没有注意到：牙膏管的两边，保留着童年露西娅用拇指和食指按出的形状。那是我母亲的手。

她只捏了一次，有条不紊又准确无误，印有高露洁红色商标的一面保持

向上，朝着自己仍明亮清澈的双眼。

---

[1] 摘自玛丽亚·格拉齐亚·卡兰德罗内《新生命的行为》，2010，列托科莱出版社（杜埃维莱市龙扎尼出版社旗下品牌）。——作者注

总之，我没有看到任何表明她的生活穷困至极的迹象。眼药水、牙膏和护手霜。没有化妆品，因为露西娅喜欢保持素颜。

但露西娅留在包里的两把钥匙究竟能打开哪两扇门呢？宪兵队和警察在罗马大肆搜查，却没有找到露西娅和朱塞佩在任何宾馆或旅店的入住登记。

他们就像专程来罗马自杀的一样。

最后，人们像开蛤蜊一样沿四周拉链打开露西娅留下的行李，箱子里的物品散落一地，暴露在记者的镜头前。物品中可以辨认出一件白色胸罩，它就这样被曝光在报纸上。这是之后的事情，是我们不再负责的事情。

还有那个赤身裸体的塑料娃娃。这可怜的小东西可以被打扮成任何样子。

照片中的娃娃双腿交叉，遮住中间隐私部位。不知是偶然还是警察们出于令人钦佩的严肃态度特意摆放的。

被遗弃的行李中没有婴儿车，而我从被发现时就自己躺在一条格子毛毯上。可以想见，从米兰到罗马的最后一次旅行，直到被遗弃在草坪上之前，我一直被露西娅抱在怀里或者放在一个轻便的婴儿背袋中。例如，我可能被包在那张格子毛毯里，露西娅将毛毯绕过自己的双肩交叉打结，就像我自己带孩子出门的方式一样。这种把孩子一直带在身上的方式十分安全。

罗　马

6月29日星期二，
尸检，遗弃之物的哭泣

最低温度：十五摄氏度。最高温度：三十七摄氏度。

罗马正在为保护神圣彼得和圣保罗大肆庆祝，假期间政府办公室大门紧锁，行政系统几近瘫痪，就连垃圾收运员也即将罢工，少数还留在城里的居民十分恐慌，他们日常的生活受到了极大的威胁。

当天下午，罗马法医研究所接收了一具男尸。尸体于上午10点左右从台伯河的朱塞佩·马志尼桥的上游浮出水面，大约是在维托里奥桥和阿梅德奥王子桥之间。根据报道，这具男尸似乎已经在水里泡了十五天以上，年龄在五十岁至六十岁之间，被发现时只穿了一条蓝色细条纹长裤，裤子口袋里有一块手帕和三条领带。7月1日星期四《信使报》报道，警方宣称从河里打捞上来的男子与朱塞佩·迪彼得罗驾照照片上的男子是同一人。

已知露西娅的尸体是在远离市中心的台伯河发明家河段被发现的，该地属于EUR区[1]，两具尸体被发现时相距五点五公里。

负责调查的警察（菲利皮上校、罗马一队阿利贝蒂上尉，以及我们已经提到过的瓦里斯科中尉）当时还未能肯定地将露西娅的证件照和她的尸体联系到一起，6月29日《信使报》也声称尸体"无法辨认"。

身体被自毁的意志所破坏，解体的想法战胜了栖身的躯壳，使之沦为纯粹的物质。总之，德尔高迪奥上士认为，露西娅·加兰特身份证上的照片与河里的人有八成的相似度。

假设这两具尸体就是露西娅和朱塞佩，且他们就是从博尔盖塞别墅附近的彼得罗·南尼桥或者玛格丽塔王后桥落进水里的，那么朱塞佩的尸体便只随着水波前进了两公里。也就是说，他一直被困在原地，接受着河底水流的冲击，成了老鼠、鱼等各类动物的食物。这些动物迅速地啃噬他的身体，让他看起来像在水里泡了更长的时间。

如果露西娅的死因确是喉痉挛，那么她大概在水面上漂流了八公里，被河水抛来抛去，没有经历咬噬，但不断地冲撞着柱子和河岸。

在携手赴死前，他们都穿上了礼拜日才穿的最好的衣服。停车场的管理员称，这些服装让他们看起来"基本上能肯定是一对农民夫妇"。这两套衣服也许是两人在一个阳光明媚的早晨为迎接新生活而挑选的，蕴含着失望中下坠的孤独感，以及被遗弃之物的哭泣。

---

1 EUR即Esposizione Universale di Roma的简称，是意大利首都罗马的一个地区。

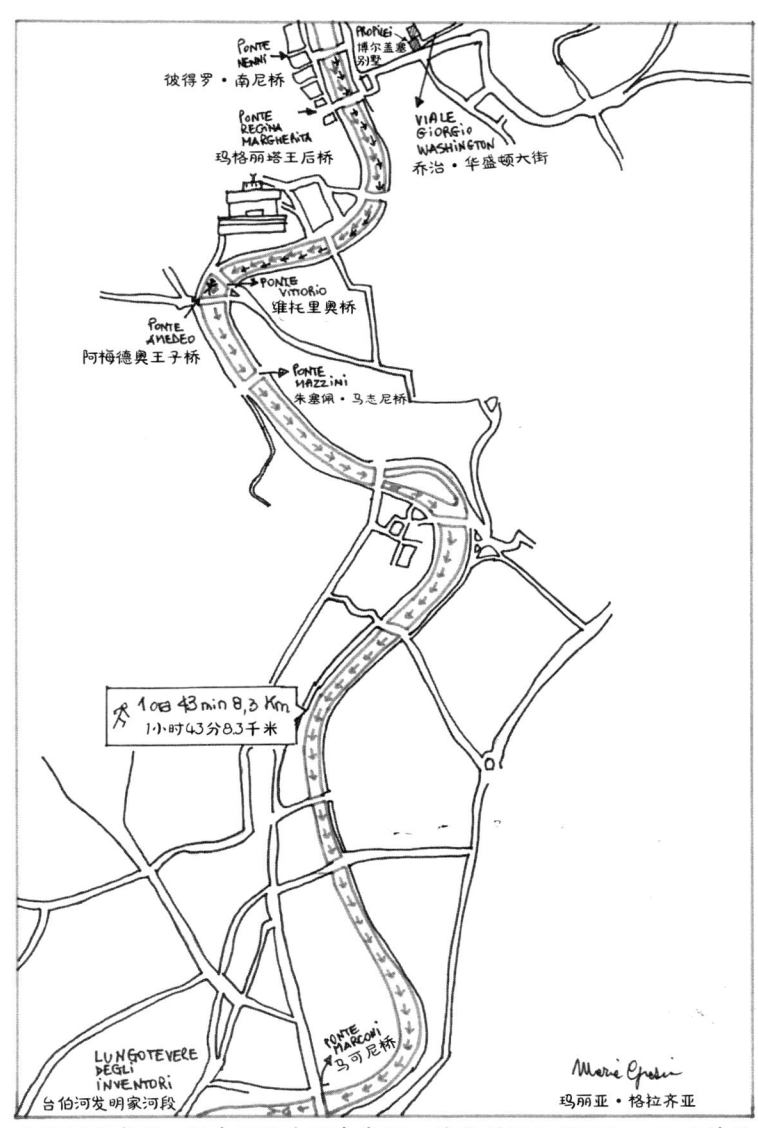

台伯河示意图，图中标注出了朱塞佩·迪彼得罗和露西娅·加兰特的尸体发现地。本书作者玛丽亚·格拉齐亚·卡兰德罗内绘制

二人最终在水面上，在无影灯下走到了结局。无须再理解更多。或许只是巨大的疲惫，让沉默归于沉默，让孤独生出安宁。

但活着的人不知道什么是安宁，他们在是否停步的选择中徘徊，反复探究，不停寻觅，他们的身躯发着热，不知疲倦地掠夺着。司法机关下令测量河水流速，想要确定露西娅和朱塞佩是否同时投向河水宽广的怀抱，投向母亲河许诺的安宁。可是，知道这些又有什么用呢？

罗马

6月30日星期三，尸体和其他想法

6月30日上午9时，罗马法医研究所，露西娅的父亲路易吉和从乌迪内赶来的弟弟罗科·加兰特辨认了她的遗体。

尸体已经绿得像芦苇的枝条，露西娅在水中弄丢了她的婚鞋。

路易吉和罗科正式在确认记录上签字，并准备送走露西娅生下的小东西。在此期间，他们拒绝见我。《团结报》和《国家晚报》同时报道了他们的态度："那是个罪孽深重的孩子，我们不想要她。"

罗科舅舅当时二十一岁，是一个好儿子，但他内心的声音却被父亲的声音吞没了。父亲的决定被《团结报》认为是"害怕冒犯所谓的由幻想和偏见构成的'荣誉感'"。更重要的是，一切都发生在罗科服兵役的时候，否则：

"姐姐的房子之前都是我负责修理的，要是我在家，什么事都不会发生……"

亲爱的舅舅，你终于说出来了，终于像以前看她那样正视我了。

另一边，朱塞佩也最后一次袒胸露背地出现在亲属面前：他的衬衣不知所终，外套和领带大概也丢了，因为他穿的是一条西装裤，是套装的一部分。他的妻子阿妮塔带着女儿卡罗琳娜的新婚丈夫雷莫来到了法医研究所，他们并未确认马志尼桥附近发现的尸体就是朱塞佩，那具男尸在水中泡得面目全非，已经无法辨认出身上是否有朱塞佩在北非战争中留下的伤痕。

一位被抛弃的妻子、一个从来没有机会脱掉岳父衣服的女婿，一起深深地凝视着一具残缺的躯体，试图辨认出至少二十年前的战争中落下的伤疤。除非那些疤痕特别深，或者本身畸形，甚至残缺不全，不然怎么可能被辨认出来呢？

更有可能的情况是，妻子不想继承丈夫的巨额债务，尤其是丈夫与另一个女人一起欠下的债务，何况自己的丈夫还为这个女人跳了河，所以阿妮塔有意或无意地选择了失忆。而且，只要在激烈情绪的冲撞下否认过第一次，随着岁月更迭，她便越来越难向孩子们坦白，自己是出于经济原因和嫉妒心，才让孩子们的父亲没能下葬。

6月29日的《国家晚报》刊登了发现尸体的前一天阿妮塔接受采访时的表态（29日发表前一天采访的内容），她认为"如果我的丈夫写了那封信，那他肯定是自杀的"。6月30日《晚邮报》刊登了一篇署名M.B.的文章，题目为《致命关系》，报道了朱塞佩的妻子前一天下午向警方做的声明。她的态度在这篇文章中体现得更加明确：

"昨天下午，警方与森萨·斯坎扎尼（原文如此）谈话，这位女士表示已经做好了随时得知坏消息的准备：'朱塞佩已经为那个女人丢掉了理智，失去了思考的能力。只要不失去她，他连赴死都不会犹豫。我们都尽力了，但无法做出什么改变。'"

阿妮塔用未完成过去时态说出这句话，这意味着她想当然地认为自己去停尸房就将看见朱塞佩的尸体。然而，她竟然没有认出朱塞佩。

以下是报纸陆续披露的事件全貌：

6月24日星期四15点30分左右，露西娅和朱塞佩遗弃了女儿；

25日星期五上午10点，他们寄出了一封信，准备通过它揭露我的身份并宣布自杀的计划；

信件于26日星期六抵达目的地，并于27日星期日被公之于众；

25日星期五，露西娅和朱塞佩在早报上看见我被收养的消息，下午便给儿童援助所的负责人写了便条，然而这张便条并没有被收录在该所的档案中；

27日星期天，露西娅的尸体被人发现，后来她的骨灰盒上用黑色记号笔写着前一天的日期，即6月26日；

28日星期一，有人发现了他们的行李，里面有两人的身份证明文件以及照片；

29日星期二，河里打捞上来一具男尸，但朱塞佩的亲属们拒绝承认那是他。

露西娅和朱塞佩为什么要做出这一系列让人迷惑的举动？他们好像故意将这些碎片撒在水中，散布在罗马炽热的土地上，难道就是为了让人拼尽全力去拼凑事情的原样吗？为什么要通过寄信给报纸来揭晓我的身份，而不是在我身边或身上贴一张纸条？明明在小衣服上别一张写有姓名和出生日期的纸条就可以解决问题（用安全别针就不会扎到我了），这比通过邮递的方式延迟揭晓一个新生儿的身份简单多了。而且，那封信上甚至没有写《团结报》的地址，如果它没有顺利寄到报社，就不会有人来找我，告诉我关于身世的一切。

不论从现实还是经验上讲，这件事似乎足以证明露西娅和朱塞佩不希望自己第一时间被人找到。他们决定不把我的名字放在我身边，也许是因为需要时间。那么，他们要这些时间来干什么？

令人绝望的混乱中，被朱塞佩抛弃的妻子、悲痛的阿妮塔未能认出29日浮出水面的溺水者就是自己的丈夫，朱塞佩的形象被蒙上了长达五十七年的阴影，许多人认为他是个恶毒的人。现在，是面对这个结论的时候了。

罗马

谋杀理论

如果他们没有寄信给报社，而是把我的身份信息写在纸条上放在我身边，哪怕只有姓名和出生地，调查人员也能在当天下午就通过米兰的医院档案查找到我母亲的名字。

即使我和露西娅的关系在短时间内暴露，对她来说也不会有任何影响：我们已经研究过，溺水致死大约五分钟足矣，就算第一时间向米兰所有的医院发送语音电报，也至少需要一个小时才能得到回信。更何况，即使警察们知道了露西娅的名字，也不可能凭借一个名字就辨认出她的身形，从而阻止她自杀。

那么，也许二人的遮掩只是为了朱塞佩。

朱塞佩·迪彼得罗与露西娅·加兰特这两个名字在所有官方文件中都没有任何关联，甚至路易吉·格雷科在帕拉塔对露西娅提起的诉讼中也没有提朱塞佩的名字。如果不能确认露西娅的身份，调查人员就无法追踪到帕拉塔，更不用说通过后续实地调查找出她的情夫。

因此，就算他们在我身旁留下了写有我和露西娅姓名的信件，朱塞佩在失踪前被找到的风险也很小。考虑到当时的追踪调查手段，尽管《团结报》在26日星期六上午收到信的第一时间就将那封信件交给了警察局，事实上警方是在28日星期一下午同时发现两人的身份证件后，才将朱塞佩·迪彼得罗这个名字与被抛弃的孩子联系起来。

只能相信露西娅和朱塞佩需要时间来整理离开我之后的感受，利用人们无法知晓弃婴身份的两天和无法将我和他们联系起来的四天来决定是否继续忍受生活之苦。

然而，虽然已经有了各种推论，我们还是要先对多年来人们讲述这个故事时默认的设定提出疑问，查验我是否真的是"杀人犯的女儿"。

一个比较温和的假设：诱导自杀。

在之前的推理中，我们已经排除了两人抛弃我后朱塞佩假意带露西娅去河滩上晒日光浴，并乘其不备，将她推入河中的假设。显然，没有女人会在抛弃自己的孩子后还有心情去享受日光浴，即使有，露西娅也不在此列。

当然，也有可能是朱塞佩想要摆脱露西娅，于是花了几个月的时间对她进行心理操控，说服她抛弃女儿后自杀，如此他便可获得逃离的自由。不过实在没必要这么麻烦，只要离开露西娅或者直接抛弃这个家庭，朱塞佩便可重获自由，而事实证明，他完全知道如何离开一个他不想要的家庭。

同时，这个假设还涉及其他待解决的问题，例如：如何说服露西娅将孩子匿名留在公共区域的草坪上。

"露西娅不可能把你一个人丢在大街上，任由坏人摆布！就算她再绝望，什么都不懂，即使她一直希望某个人带你走，她也不会这么做。因为她不可能提前知道捡到你的是什么人！如果想把你送到好心人手上，露西娅本可以把你带去教堂，带到修女那里，带到她觉得安全的地方……"

在孩子的事情上，露西娅是不讲道理的，她总能想出保护孩子的办法。要让女儿处于危险又不寻常的状况中，必先除掉母亲。于是，我们眼前出现了一种残酷的假设：谋杀。既然不能忽视露西娅穿着泳衣的事实，就得考虑将河滩日光浴时间推到我被抛弃之前。

"但如果她是被谋杀的，为什么还穿着泳衣？"

反驳：

"也许露西娅真的准备和你一起去晒太阳，她根本没想过要离开你，是朱塞佩把她推下河后写了那封信。否则，为什么不把信放在你身边呢？寄给一家报社，然后把行李放在别处。你不觉得这么做很奇怪吗？这就是想浪费警察的时间。"

让我们来验证一下这个假设。

朱塞佩厌倦了与露西娅的同居生活。尖叫和不知疲倦的争吵让他的心一点点变得沉重起来，终于，被激怒的朱塞佩决定杀死露西娅。他让露西娅在一张白纸的底部签好名字，并在她的签名上方写下伪造的遗书（也就是说，这封信完全是朱塞佩写的，只有落款是露西娅亲手写下的），以此误导调查人员，给自己留出逃跑的时间。

与此同时，他还事先安排好了退路：几天后，当信件被公之于众时，他已经安稳地待在另一个国家，洗脱了嫌疑。案件以自杀告破，不会有任何人进一步调查。可以说，所有行动安排都指望着一个不幸的事实：几乎没人有兴趣继续调查一个绝望的、被所有人唾弃的农民妇女的死因。

我们顺着这个思路继续。露西娅和朱塞佩将行李寄存在罗马一家不需要出示证件就能入住的小旅馆，但是露西娅应该知道他们要去哪里，才会穿上泳衣：

"太热了，我们带宝宝去河边呼吸一点新鲜空气吧……"

此时他已经在考虑要不要把她推进水里。

露西娅同意了，她摘下了除婚戒外的金饰，把它们小心地放进手包，再穿上泳衣。如果他们在旅店定了房间，把首饰收进包里就略显奇怪，不过我们暂且略过这个细节，说不定她觉得把东西放在手包里更安全，也有可能是朱塞佩事后放进去的。

在此还需特别提出，我们推断为朱塞佩的那具尸体并没有穿泳衣。但我们也能解释说,当时和现在一样,男人去河边晒日光浴可以穿平时穿的内裤,推演继续。

两人抱着我来到河边。她还在笑闹。他仅穿内裤,魔鬼似的邀请她:

"来吧,水里很清凉。别怕,我会抓住你的!"

然而,女人还是固执地不肯脱衣服。

"来吧,露西娅,至少踩踩水嘛!"

她脱掉鞋子,双脚踩出水花。就是现在!现在,她松开孩子,被推入滚滚河水中。之后,朱塞佩将孩子丢弃在别处,故意不留下名字,让警察忙于调查。这就是他逃跑的窗口期。

我暂时不评价这个推测,先引用别人的一些言论:

"朱塞佩有狂躁症,是个疯子。他先杀死了情人,再抛弃了女儿,最后伪造了案件情节。"

"我认为要考虑朱塞佩背负的债务。说不定他在米兰亏了本,或者向某个危险人物借了钱。他到底向谁借的钱?也许她是害怕了,才去试着找自己的青梅竹马,想要为自己和女儿寻求庇护……"

"她想告发他,对他造成了威胁,所以他必须除掉她……"

"他恨她,再也受不了她了。情侣间总是这样……"

"我觉得是露西娅决定要离开他,所以他悲伤得发了狂。如果失去她,不如毁了她!这是一种常见的针对女性的暴力。是占有欲在作祟……"

当然，在白天，就算是桥墩或者河湾等隐蔽处（"来吧，露西娅，我们到这里单独待一会儿"）也不算完美的犯罪地点。不论以什么方式掉进水里，落水者一定会挣扎，会拍打水面、大喊大叫，从平坦的河岸上一眼就能看见有人落水。除非受害者头部遭受重击后迅速被抛进水里。但我们可以排除这个可能性，因为让人失去意识的重击一定会在尸体上留下痕迹。

也就是说，谋杀的悲剧更有可能在夜晚上演。这就意味着两人先将我抛弃在草坪上，然后漫无目的地游荡了几个小时。而且，考虑到露西娅没有跳河自尽的想法，那她就是无缘无故地穿上泳衣去了河岸，毕竟没有人会在夜里晒日光浴。

接着，朱塞佩于清晨回到住处，把行李带到人行道上扔掉，然后独自寄出那封信。寄信的目的明显就是要通过那短短的几行自杀声明和露西娅的签名，为露西娅的死亡找好理由，好让警察迅速结案。

我要再次声明自己反对激情杀人的假设：对于朱塞佩来说，露西娅的死亡完全没有必要，甚至会引起危险和额外的麻烦。朱塞佩只需自己消失就能够解决一切问题，毕竟他已经实践过一次了。而且，他也确实从当天起便失去了踪迹。

广场上被遗弃的行李也是个谜。我们假设朱塞佩目睹或直接促成了露西娅的死亡，然后抛弃了自己的（第六个）孩子，而此时他却没有忙着坐上火车去某个地方，而是无缘无故地把行李也扔了。

罗马

我们还忘记了，朱塞佩和露西娅的名字在这个事件中没有与任何一个地点联系起来：为了方便推演，我想象出了一个不起眼的无名小旅馆。我们暂且接受这一设定。

别忘了，行李中还有几件价值不菲的物品。朱塞佩为什么不拿走金饰、手表和钢笔呢？当时没人知道露西娅拥有哪些财产，也没人会注意到她物品的失窃。为什么还要回旅馆把行李带去街上扔掉呢？

但我们仍顽固地坚持这个假设，将它推导到极限，哪怕超出理智。我们不妨假设朱塞佩在信中宣称自己打算一死了之，这样大家就会将他当作已死之人，不再寻找。把行李丢在路上以及把贵重物品留在行李中也许是朱塞佩犯罪思想的一部分，他企图通过这些行动强调自杀的决心，因为只有死人才不需要世俗的财富，对贵重物品漠不关心。

但为什么朱塞佩要把他自己的东西，尤其是他的驾驶证放在露西娅的身份证旁边呢？这是人们将他与死亡的女人联系在一起的主要方式，很可能直接造成他被通缉。如果朱塞佩想消失，他应该直接销毁自己的证件，或者至少把那份可能连累自己的文件带走。

也有更进一步的反对意见：

"一旦露西娅的尸体被发现，调查人员迟早会找到朱塞佩的名字。于是，他索性把自己的所有东西都和她的东西放在一起，做出同归于尽的样子。"

211

只有在朱塞佩预谋杀害露西娅的情况下，这一反驳才有实质性意义。然而——我再强调一遍——在城市里、正午阳光下、台伯河这样一条繁忙的河流上，要按计划实施是万分复杂的一件事。冷漠的现实为凶手慷慨地提供了几乎无穷无尽的选择，各种高处（山峰、悬崖、岬角）、硬物（岩石、花岗岩、尖锐的棱角）、隐秘的毒药和溪流，都可以供谋杀之用。再说，我们之前也论述了，通过谋杀摆脱露西娅完全没有必要。

把身份证件放进被遗弃在艾赛德拉广场的公文包里对朱塞佩来说没有必要，甚至很危险。至此，所有关于谋杀的谣言和假设都不攻自破：在河边晒日光浴时狂躁症突发（或推了她一下）、偶然发生的悲剧（滑落水中）、人类丰富活跃的想象力所创造出来的一切可能性、朱塞佩对悲剧袖手旁观抑或是承担主要责任的假设……都逐渐消散了。

没有任何情绪。没有恐惧，没有怨恨，也没有发狂。细致地梳理现场后，只剩下最符合人性化的假设：如果朱塞佩还活着，唯一的解释就是他中途改变了想法（但朱塞佩还活着这件事本身仍然存疑，我已经在上文论述过，这个猜想完全建立在他的妻子阿妮塔否认尸体是朱塞佩的基础上）。

朱塞佩一直是自己"不顾一切的生命力"的受害者。他也没想到事情会发展到这个地步，但惊讶归惊讶，朱塞佩仍然无法做到直面死亡。他比露西娅活得更加自私、更加顽强，因此在最后关头，

罗　马

他让露西娅孤独地死去了——露西娅从桥上跳下去的那一刻，他却没有跳；或者露西娅从河边入水的那一刻，他却没有从河岸滑进河里；再或者他和自己的女人一起跳进河里，但求生意志占了上风（只要生的意志还在，它总会让我们留在这个世界上），最终气喘吁吁地从湍流里游回了安全的地方。第一个家庭积累的债务和第二个家庭面临的灾祸将朱塞佩日日束缚在失败和悲痛里，他决定放弃自己的身份，顺应某些人的恶意揣测，移居国外或加入外国军团。朱塞佩改名换姓，乘火车离开，不知去哪里开始了新的生活。故事结束。

　　另一种可能性的推演马上开始，那时我们便会知道，两人的行李为什么会被放在6月28日它们被发现的那个地方。

你们两人与那个夜晚

光天化日之下，罗马市中心台伯河边，两个成年人在一群度假者之中落水溺亡。除了谋杀，很难想象这一切如何发生。没人知道他们是否特意等到晚上行动，也没人知道两人是怀着怎样的心情做出一系列决定的。

在不改变事件框架的前提下（除了露西娅和朱塞佩遭受流水侵蚀的时间），自杀事件有可能在24日下午晚些时候发生，也就是晚餐前，19时30分至20时。那时洗浴者已经陆续回家，但河边的夜灯还没有亮起来。

或者，我们也可以尝试把事件放在深夜，当我在别处酣眠时，他们在宽广而黑暗的河流中静静漂浮，疼痛让他们失去了知觉，脑海中只余孤寂。尸体并没有漂到很远的地方，因为朱塞佩正是在距离弗拉米尼奥不到两公里的地方被发现的，中间仅有四座桥的距离。但他们两人肯定都迈出了下水的那一步，就算没有实现，也至少曾经想要一起走向那个预先谋划好的结局。结束生命似乎就应该是故事的结局，这对他们来说是解脱。下水前，他们沉浸在虚幻的逻辑中，那是所有恋人都无可避免的、清醒的愚蠢。

你们都上当了，我也上当了。偏见让我们落入圈套。只要尽量理性并诚实地挖掘事实，我们就能发现，朱塞佩完全是无辜的，他和露西娅一样，也是偏见的受害者：我们认为露西娅应该是个友善而淳朴的乡下姑娘，但她从未表现出类似的性格；我们认为朱塞佩是个经验丰富、玩世不恭的花花公子，为自己的女人安排了一个希区柯克式的悲苦戏份，但在前几页的论述中我们已经推翻了他杀的猜想。那是我写得最疲惫的几页。

爱的时间线

CRONOLOGIA DI UN AMORE

纯粹事实

虽然当地报纸花费了不少版面来描写朱塞佩和露西娅在罗马的行踪,但这些文字都是不连贯的、混乱的、耸人听闻的,坦白地说只是为了哗众取宠。记者们只顾截取一系列随机事件,却没有遵循任何地形学或心理学逻辑。杂乱无章的碎片拼凑成一桩奇闻,但奇闻背后通常是沉睡的理智或过度的理性。

仅从这些报道看,露西娅和朱塞佩编造了一个迂回且分裂的计划,并根据计划莫名其妙地来回奔波——或者,他们就是要让人搞不清自己的行踪。但最重要的一点在于,该计划极其冷静:两人没有证件,没有钱,也没有要做的事,他们在罗马游荡了很久,直至确认了生命中最后的几天里要做的事——抛弃孩子并自杀。

我对自己说:把掌控你思考的血液注入他们的脑回路,重新考虑他们在你之前所考虑的一切。我想到的一切,他们应当都已想到过。重新激活已消失的思想,从数学角度来看,就是构建一个分离和失去的几何体系，让空间和时间的坐标轴在遗弃的原点交汇。只有这样，才能破解近六十年来无法解开的谜团，理解两人那一系列行动的逻辑和意义。

通过对线索的细致分析，清晰、连贯的情节浮出水面。他们的行动路线原来是如此清晰、连贯、确凿，甚至近乎完美：

露西娅和朱塞佩经历了一个循序渐进的剥离过程。

这个过程理性、简洁、美观。他们像树木一样，以致命的方式剥离自己的一切。

首先，他们放下了自己的珍贵之物，放弃了正式的身份，然后他们

离开自己的女儿，确保她安全无虞，

最后他们放弃了

自己的生命。

我相信他们是一起完成的这些事情。

我是他们最终留下的裸露的躯干。那是树木的本质。

请允许我根据事实再进行一次阐释：

1965年的一天，人们在艾赛德拉广场上的意大利旅游公司附近发现了行李，公司前方就是意大利旅游汽车服务公司的车站。

也就是说，露西娅和朱塞佩是坐汽车来到罗马的，不是火车。他们明确知道此行的目的，下车后，两人立即行动起来。他们的计

划简单明了：放下一切，直至放弃自己的生命，摆脱所有。我相信，他们确实想一一做好所有事情，但要快速完成整个计划。

我追溯他们每一步的时间线，检查时间是否吻合。

做出自杀的决定后，露西娅和朱塞佩很可能花光了身上的所有钱，完成了人生最后一次公路旅行：当时人们普遍热衷于乘坐长途汽车，因为火车与移民女巫的意象紧紧地联系在一起。6月24日下午，露西娅夫妇到达罗马，他们大概一下车就扔掉了行李。所以，人们几天后便在该地发现了两人的物品。行李中没有婴儿车，说明他们无意久留。

1965年，罗马艾赛德拉广场，图片来源于www.romaierioggi.it

从艾赛德拉广场到华盛顿大街（我是当天下午3点30分过一点在此处被发现的）只需不到一个小时。他们应该没有停下来散步，更不用说吃午饭了——在当时的状态下，他们明显没心情吃饭，而且他们一下车就把钱和行李都扔了——所以他们在下午1点30分或2点左右到达华盛顿大街，这个时间与1965年的公交车时刻表完全吻合。

我们假设露西娅和朱塞佩抵达罗马的时间在下午1点30分至2点之间，已知从米兰到罗马大约六百公里，行车时间约六个小时，那么就可以倒推出他们出发的时间是上午7点至8点之间，完全合理。

"25日星期五从罗马火车站寄出的信上盖着中央火车站分拣寄出的邮戳"（6月27日《团结报》，作者N.C.），很快就到了编辑部门口。现在，我们无须再纠结这封信，因为6月27日《国家晚报》对N.C.的错误进行了回应："只能说这封信是6月25日从罗马火车站寄出的，从前一天晚上到当天早上10点，都有可能是寄信人投递的时间。"28日《国家晚报》再次写道："那封信是星期五从火车站附近寄出的。"最终，那位已经陷入想象的N.C.在6月29日的《团结报》上略微修改了自己的说法：

"露西娅·加兰特和她的情人在乔治·华盛顿大街的草坪上抛弃了他们的孩子玛丽亚·格拉齐亚，然后向我们报社写了一封信：这封信于第二天，也就是周五早上从火车站或者罗马中央地区寄出。他们用了一整晚的时间，从城市的一头走到另一头，没有乘坐任何交通工具，那时他们已决意自杀。几个小时前，他们已经把行李都扔掉了……"

亲爱的N.C.，首先，我想否认露西娅和朱塞佩因抛弃我的愧疚感而想要结束自己生命的假设。虽然很多尖酸的流言都这么说，但如果事实真的是这样，他们其实可以立即采取补救措施：25日星期五上午10点，所有报纸都已经报道了我被发现的消息，还写出了我被送往的地方，他们完全可以去警察局或者儿童援助所把我接回来。

绕过这一误区之后，我们便可以进入正题：根据N.C.自己写下的信息，我的父母已经决定自杀，并提前将女儿送到好心人手里。母亲趁孩子还没有对任何人产生依赖时放手，让女儿重新陷入初生时对所有人都感到陌生的状态。没人知道这个小女孩是谁，也没人知道她的身世什么时候才能揭晓。可以想象，如果始终没有人关注这个孩子，她的父母是否会因为无法忍受的痛苦和愧疚延长自己的旅程，在都市中徘徊，用沾满泪水的手指撕扯自己的头发？我相信，如果这件事真的发生了，我反而能尽快结束令人憎恶的生命旅程。

投递，邮寄，寄出。无论文字如何描述，总之，这封信是在6月25日上午10时被盖上邮戳的。

我们以邮戳为起点开始推理。信封上有两枚邮戳，一枚是同心圆的造型，邮戳在信封上只有一部分，另一部分盖在了信封之外。两个圆之间有四个字母"LA AN"，也许是某个广告或纪念标志，说不定是公路运输公司的标志，这家公司当时兼作邮政代收点。另一枚是邮戳注销标志，一个简单的圆形，六条波纹规则地印在邮票上，旁边有日期和地点：罗马火车站邮区，1965年6月25日10点。

我想，即使当时的邮件数量较少，一封信件被邮局的分发中心盖上邮戳（这直接表明此时信件正在罗马中心火车站）也不一定意味着邮递员已经将邮袋放到台子上，只等着把处理好的信件拿走了。

集邮和邮政史文化杂志《邮政人》的编辑罗伯托·蒙蒂奇尼认为："可以肯定，邮票上的时间是1965年6月25日10时。但是，这封信是与其他邮筒中的很多信件混在一起分发的，需要由有资质的邮递员按地区分类并标记日期。难道所有事情都是在一天之内完成的？我认为，即使是在小城镇也不可能做到。"结合实际情况来看，这封信不可能是25日上午才寄出的。

所以，露西娅和朱塞佩很有可能是在24日下午或傍晚，赶在邮递员将信件收走前，把他们在人世间的最后一封信投入了邮筒。只有这样，罗马火车站邮局的工作人员才有充足的时间在第二天上午10点前将信件分拣好，盖上邮戳。所以，他们二人应该是带着已经写完封好、贴好邮票的信件登上大巴车的。再说，他们一下车就扔掉了行李，那时他们已经没有纸笔了，甚至连买信封和30里拉面值的米开朗琪罗系列邮票的零钱也没有。《团结报》6月27日刊登的照片中，信封上分明是贴好了邮票的。

我自己也尝试过从反面思考：如果他们是25日上午将这封信

送到罗马火车站邮局柜台的，工作人员也可能在收信的同时就给信件盖上了邮戳（说不定同时还建议两位糊涂的顾客写下报社地址）。但露西娅和朱塞佩应该是抛弃女儿之后，即将自杀之前亲自去的邮局。单从情感出发，25日上午投递的论点虽然站不住脚，但也无法完全被否定。还得让现实说话。我极度固执地相信，这封信不是25日上午投递到邮局并盖上邮戳的，但如何能做到确认无疑呢？

蒙蒂奇尼随后十分慷慨地帮了我一个忙，将那张拍下信封的照片寄给了意大利顶尖的印章和印戳机专家阿尔奇德·索尔蒂诺。这位专家明确地打消了我所有的疑虑：这个邮戳是用洛伦茨牌矫正印戳机印上去的，那是一种两米高的大机器，只在大城市使用。这种机器不摆放在柜台附近，而是专门用来处理从邮筒和其他大量来源（大用户、批量投递至分支机构）收取的邮件。所以，我们可以肯定露西娅和朱塞佩就是把那封信投入了邮筒，而没有从柜台寄信。即使大清早就把第一批信件从邮筒里取出，也不能保证它们在6月25日上午10点就到达罗马火车站。因此，信是前一天投入邮筒的。

虽然心里早就有了想法（但无法查证，毕竟他们已经不在人世了），但露西娅和朱塞佩的死亡日期最终还是在各种谩骂和白痴般的欢呼声中浮出水面——1965年6月24日。纯粹的事实表明，如果露西娅和朱塞佩没有在登上大巴之前就寄出那份简单的遗嘱，那他们就是赶在24日星期四下午，邮递员最后一次收信前把遗嘱塞进了邮筒（要么就是把信件给了民族街或艾赛德拉广场上的烟草店，这两个地方距离意大利旅游汽车服务公司的车站都不远）。第二天早上，露西娅和朱塞佩都没有再做什么。事实帮助朱塞佩又一次摆脱了报纸和人们仅凭想象针对他的指控（此前，我们已经通过论证否定一次了）——预谋让露西娅赴死，自己独活。就算他当时真的活下来了，我们也能确定他在事前完全没有这么想过。事情已经发生后才发表的看法和假设总是有道理的。

所以，如果非要对朱塞佩强加指控，就算将两人的自杀时间推迟到夜晚或黎明，也无法贴合遗嘱寄出的时间。我的推测是正确的：露西娅和朱塞佩就是在抛弃我的那个下午到当日晚上这段时间一起寄出信件的。

疯狂，完完全全的疯狂（我之前就这么写他们），他们两人一直在一起，形成属于自己的小闭环，一个人神圣的不理智反哺另一个人神圣的不理智。他们心念坚定，以意志驱动着行为。分子永不停息的运动维系着物质的惯性，两人深埋在肌腱和动脉里的坚持灌溉出锋芒毕露的冲动。前期的准备过程十分漫长，但计划仅用几小时就完成了，那是一种解脱，是自由的面孔之一。自由是生命的替身，是与生活平行的乌托邦，它随着我们的改变而改变样貌。写到这里，我意识到，上文对自由的描述也可以用来形容死亡：是生的替代，也是乌托邦。

1965年6月24日，一个炎热难耐的下午，宽阔的河流边勾勒出一双身影。那是夏至过后的几日,他们还为了共同的目标活着。两个相爱又迷惘的人站在暮色中。

  我看到他们了,就是他们。是什么时候入水的?你们究竟活到了什么时候?确定了最后一次取邮的时间,就能知道那时露西娅和朱塞佩的心脏一定还跳动着。在那之后,两个身影才从岸边顺流而下,直至与河水交融。缓慢地,甚至充满爱意地交融。至此,我终于确定你们是带着对彼此的爱意离去的,我终于可以翻越河边的栏杆与你们相拥。我不能阻止你们,那时不能,现在也不能。我就坐在这里,看着你们。耳边是你们的声音,就连水声

  也像露西娅的最后一次祷告。圣母玛利亚,请你照拂她。她是清白的,也是纯洁的。

露西娅逃离的29个春天

最后一圈

一则消息为故事的结局勾勒上残酷的余晖：1965年，邮递员一般在下午5点至次日凌晨5点之间最后一次从邮筒中收取信件。遗书投递的时间被定格在6月24日星期四，时间是下午2点（两人到达罗马的大致时间）到5点之间。

原来如此：你们在光天化日之下就毅然决然地离开了，残酷又冷漠地走向天人永隔。穿越时间抵达这里已经令你们无比疲倦，我多么希望写字台上的蓝色玻璃就是那台伯河水，只要把它砸碎就可以把你们从铺天盖地的河水中拖上岸，让你们活着，一边绝望一边活着。我不会同你们说什么，但会照顾好你们，同你们一起听远处海鸥的叫声，和已经被你们放弃的尘世喧嚣。

无论如何，从已明确的事实来看，有些东西仍旧闪耀着光芒。露西娅和朱塞佩拥有良好的品德，他们在饱经磨难后仍然坚定地相信大多数人的智慧、好奇心和善良，相信逐步揭露真相必然会在新闻界引起关注。

他们似乎早就想好了要与新闻界合作。或者说，与左翼媒体合作，因此他们选择了左翼媒体作为他们遗言与忏悔的接收者。

在深入探讨两人道德观念之前，我还要讲一个关于"最后一圈"的故事：如果我们放大6月29日《信使报》上刊登的遗物照片，就会发现露西娅的腕表永远停止在了11点48分。

这很可能是一块手动机械表，露西娅每天起床时拧紧发条，指针便可以走动约二十四个小时。那天早上，她最后一次拧紧手表的发条，一如往常。那是她人生中最后一个早晨。机械装置照常运转，自顾自地向前走着，直到主人去世的第二天。我终于知道了一个时间节点。

这个时间点对调查事实没有任何帮助。只是，当知道指针何时走完这最后一圈时，我从他们的身后之物上看出了一点惆怅。

露西娅逃离的29个春天

重构时间线

6月23日晚，露西娅和朱塞佩把仅有的一点东西打包，搬出了他们在米兰的公寓。也许当时他们已经交不起租金了。6月24日早上7点到8点之间，两人离开米兰，准备投身罗马的台伯河。那些年，那条大河已经带走太多年轻的生命。

离开时，露西娅的裙子下还穿着泳衣。露西娅仔细地挑选了周日做弥撒时才穿的碎花裙，因为她知道自己死后会穿着这条裙子闯入人们的视线。

朱塞佩穿着自己最好的一件细条纹西装，口袋里揣着早就准备好的一封信，信纸已经仔细地封在信封里，贴好了邮票。

下午2点左右，他们在罗马下车，立马把行李就近扔在了地上，只带着我。

他们在车站寄出遗嘱，或者把信投进了在街边遇见的第一个邮筒。

他们沿着民族街前行，当然也有极小的可能是顺着比索拉蒂街走，在下午3点30分左右抵达准备抛弃我的地方。

确认有成年人带走我之后，他们便去到河边，沉入水底。我静静想象着他们的样子。

他的尸体顺水漂流了两公里，就被水草绊住了。他在户外近四十摄氏度的河水中浸泡了五天才浮出水面：衣衫不整，遍体鳞伤，被水流拉扯，一看就是先被水生生物吞食，再被飞禽和走兽啃噬过。

她的尸体轻轻缓缓地漂了大约八公里，第三天正常浮出水面。她几乎没有弄丢衣物，只遗失了一双鞋。

就是这样。一切都清清楚楚。一个连贯的、悲剧性的，但美丽的计划。当然，有些细节仍待解释，比如露西娅和朱塞佩为什么连一张写有名字的卡片都没有留在我身边。

我生活在底层人民的梦想中

2021年12月30日是一个阳光灿烂的日子。我和女儿安娜来到市中心,尽情享受节日的氛围,欣赏彼此美丽的身影,观赏亮晶晶的玻璃橱窗里摆放的商品,它们像是华丽的诅咒。我的脑子里仍然充满了疑问,但我已经学会了控制自己的心神,避免将自己卷入无尽的探究之中。我们就这样平静地逛了一个多小时,在西班牙广场的高处,我突然有了一个想法:

"我们去看看妈妈被遗弃的地方怎么样?"

安娜同意了。我为自己辩解:

"这样以后你就可以同朋友聊了……"

安娜温柔地摆出一副被我说服的样子。我们都笑了,都在笑我。

这地方很漂亮,雄伟又壮丽。宽阔的林荫大道展现出大自然的恩赐,还有罗马的宏伟。

"这地方很好，"女儿说，"这是他们精心选择的地方，他们不是随便把你留在这里的。"

"我不明白。你知道吗，安娜，我真的不明白，母亲与新生的女儿分离的时候……是什么样的？她是怎样张开双手，她摆出了什么样的姿势，她是怎么离开的……"

我们重走了当年伊沃·米库奇抱着八个月大的我走过的路，爬上了国家经济和劳工理事会所在的山坡。这地方真是太美了，场地宽阔，树木繁茂，历史悠久，古色古香。女儿说得没错，这个地方很特别，即使在美丽非凡的罗马，也能脱颖而出。

那时，这里是整个罗马最古老的公园。我所在的地方是公园众多入口中最雄伟的一个。

我们走下山坡，向华盛顿大街走去。我告诉安娜：

"然后他们就去了街对面，你看，就是停车场那儿。所以报纸上才写一个停车场管理员看到了他们！他们就等着有人抱走我……

"然后，爸爸妈妈（我讲这话时，突然意识到自己说了爸爸妈妈）就去了弗拉米尼奥广场。看见那幢楼了吗？后面就是台伯河，步行七八分钟就到了……不知道他们当时心里是什么感受……想一想，记者们说他们一直散步到第二天早上……但你能想象吗？谁能明白一个女人亲手遗弃自己的孩子是什么感觉……"

就在这时，我感到一阵极其剧烈的恶心，这种感觉持续了大约八分钟。

我们经过巴布伊诺街，走在回家的路上。我对自己，但更多的是对我女儿说：

"不知道他们为什么选择了罗马，我们永远都不会知道了……"

"他们想把你留在首都！"

安娜第一时间就回答了我。她的语气像是在给一个傻子做解释，她将月亮指给傻子看，傻子却呆呆望着指向月亮的手指。

她对我说："他们两个都很穷，从他们的角度来看，也许住在罗马就是人生目标。他们想给你最好的。他们觉得，在罗马，你会有更多机会过上至少体面的生活。如果他们没有这么做，也许你……"

我惊愕地张大嘴。清晰，简单，明了。一个十三岁的女孩，一下就解答了许多记者想不通的那个点。我相信她的直觉。

安娜绝不可能知道，当年在米兰和都灵，到处都挂着"此房不租给南方人"的牌子，她也不会知道那时国内移民的生活环境有多么艰苦、复杂。戈弗雷多·福菲甚至专门为这个群体写了一本书——《南方移民在都灵》。露西娅和朱塞佩应该不希望我保留原本的身份。否则，作为两个移民的孤儿，我会经历怎样的生活？露西娅好不容易把我从儿童援助所里抢出来，但作为移民的孩子，我又会被送进孤儿院，在那里长大。因为在别的任何地方我都会是一个**异类**。

露西娅想离开,想逃离这种环境。对她来说,罗马是最容易到达的地方了。这里是我人生的交叉口。正是因为她的选择,今天的我才置身于花团锦簇的国际化大都市,生活在我父母的梦想之中。

他们还能想出什么更有效、更可行的办法呢?

一个无法抑制的想法在我的脑海里生根发芽。我开始研究公共工程档案。1958年至1960年,基督教民主党人朱塞佩·托尼担任意大利公共工程部部长,他的继任者是贝尼尼奥·扎卡尼尼,人称"诚实而脆弱的扎克"。托尼在自己的四个任期内完成了许多了不起的公共工程,从太阳高速公路[1]到为1960年罗马奥运会建造的一系列宏伟的基础设施,其中不少场馆都在我被抛弃的地点附近:大大小小的体育馆、奥运村、弗拉米尼奥高架桥、奥林匹克大道以及台伯河地下通道。

1957年7月,国家体育场被拆除。两年后,如今的弗拉米尼奥体育场在原址上拔地而起。体育场由内尔维与巴尔托利公司承建,于1959年3月19日落成,并承办了1960年罗马奥运会的足球比赛。

此外,1959年,建筑师克莱门特·布西里·维奇对卢宾别墅进行了修复和扩建,但我没有查到是哪家公司承接了这项工程。我

---

1 从那不勒斯延伸到米兰的一条高速公路,全长七百六十公里,是意大利最长的高速公路,途经罗马、佛罗伦萨、博洛尼亚等重要城市,被视为意大利高速公路的脊梁。

可以想象，朱塞佩在罗马工作期间曾受雇于其中一家公司，他从这段经历中汲取了有关建筑装饰的想象，并将其运用在三年后在帕拉塔的工作中。

当然，这只是一个想法。但却是强烈的想法。

如果朱塞佩参与了这些修建和重建工作，他肯定对这片区域非常熟悉。而且，他一定是乘坐意大利旅游公司的长途汽车往返家和工地，这个公司的公交线路当年最远可达内图诺。因此，朱塞佩对罗马及周边的情况了如指掌，除了自己的工作地点，他也熟悉罗马中央火车站附近的加埃塔路，那里是区间车的站点之一。

说得更简单一点：除罗马北站外，华盛顿大街附近还有好几个公交站点，一直向前走，甚至可以闻到郊外原野上薄荷和迷迭香的味道。

露西娅和朱塞佩一定是带着底层人民最简单、美好而明确的愿望，将我留在了他们梦寐以求的地方。罗马一直是所有人追求的终点，也许，朱塞佩也曾在罗马度过一段幸福的时光。

身体，姓名，故事

我遗漏了太多错综复杂的细节，而安娜凭借敏锐的洞察力将它们环环相扣，还原出一个缜密的计划。

平常人面对骨肉分离总会恋恋不舍，而露西娅和朱塞佩却做得干净利落。他们的行为看似难以捉摸，实际上却是尽力将对所有人的伤害降到最低。

父母对孩子的爱是永恒不变的情感。人性就是如此奇妙，即使已经打定主意抛弃孩子，父母也会如幻象般盘亘在子女身边，保护她到最后一刻。从"监护人职责"的情感语境出发，我们会发现露西娅和朱塞佩在选定弃婴地点前考虑了许多因素：

两人事先已经决定好，留下女婴时暂且不直接透露她的身份，而是将写有孩子姓名和身世的信件寄到报社（他们很清楚，报纸在"无名女婴"被发现之后两天才能刊登这则消息）。所以，为了不让自己的女儿与其他弃婴混淆，他们不能把她留在人们常抛弃孩子的地方。不幸的人们通常把无力抚养的孩子放到医院或孤儿院的大门口，或者教堂的台阶上，但朱塞佩夫妇要选择一个独一无二的地方，并在信里写明这个地点，不让读者产生任何疑问。

他们选择了一个令人惊讶的地方。这个空间象征着胜利，或者说，寄托了他们希望顺利的情感，这与两人放弃生命的行为构成戏剧性矛盾。

"好吧。这些推论都说得通，"我大声说，"但他们为什么要推迟揭露我的身份呢？"

谜题背后隐藏着怎样的用意？为什么要制订一个充满悬疑色彩的计划？要知道，信封上可没写街道地址，露西娅和朱塞佩甚至需要承担信件无法送达的风险。

为什么要让孩子的身体和姓名分离？换句话说，为什么要让孩子摆脱自己的合法身份？是为了强调身体本身的重要性吗？是为了证明，无论被赋予什么姓名，重要的是这副身躯本身需要救赎吗？

抑或是为了强调名字的重要性？是为了强调名字与每个人独一无二的人生经历息息相关，而人生经历都是不可复制的？

罗马的夜色里，我和女儿安娜在阿皮亚新街上闲逛。街边的橱窗琳琅满目，但我无心欣赏，只是喋喋不休地向安娜的棕色小脑袋里灌输这些抽象的概念。她抱着极大的耐心，凭借现实而理性的天赋（这显然不是遗传的）再一次给我答案。快速、务实、极其简单：

"因为他们想引起轰动。"

露西娅和朱塞佩希望他们的孩子，还有讲述她被遗弃缘由的故事，能够引起人们的注意。他们不希望自己的悲剧与类似的悲剧故事混为一谈。

我的小先知再次一针见血。

追随露西娅的脚步，我们发现，当时在米兰，许多人在贫穷、法律缺位和偏见等各种条件下被迫抛弃孩子，所以才有那么多婴儿出现在儿童援助所。露西娅目睹了一条新生儿组成的流水线，婴儿们排成一队，被经验丰富的双手揉搓清洗，没有笨手笨脚的照顾，也不存在充满母性的缠绵。正是那些笨拙与温情才赋予每个人不可复制的命运。露西娅还看见一群孩子被约莫同样数量的保姆慈爱地抱在怀里，挤在铺着菱形花纹地板的大房间里。大家都是一样的。大家都是孤独的。

熙熙攘攘又孤独的童年让露西娅和朱塞佩从心底感到震撼。他们也曾背井离乡，也曾孤独无依，他们绝不希望自己的女儿玛丽亚·格拉齐亚也经历同样的人生。他们不想自己的女儿和无数被抛弃的孩子一同长大，在米兰不行，在罗马也不行。所以，他们要想办法。

露西娅和朱塞佩意识到，不幸的人太多了。在育婴堂门前和教堂门前啼哭的孩子绝不只是一串数字或一个名单，每一个数字背后都是血肉之躯，而那一串名单比人们想象的还要长。孩子是他们唯一的未来，他们下定决心要拯救她。两人的行为看似癫狂，其实结合当时的状况，便很容易理解。他们尝试模仿一种反常的精神状态，在短时间内狂躁到极点（但他们癫狂的状态太稳定，反而显得有些不自然），一心求死，然而脑子里却另有一套清晰的逻辑同时运转。我们要忽视身体里每一个细胞都叫嚣着的求生欲望，才能迈过门槛，跟上他们的思维。

表面热烈，内心冷静。露西娅和朱塞佩为自己精心设计了一个疯狂而强硬的状态，既能吸引人们对小女孩的注意，又不至于毁掉他们的女儿。玛丽亚·格拉齐亚很平静，这位小女孩本来就很开朗，可以微笑着面对每一个人。玛丽亚·格拉齐亚可以拥抱任何一个人。

肩负责任的成年人愿以生命为代价。请不要牺牲纯洁的小生命。就这样决定了。

文　字

　　露西娅和朱塞佩大概也没想到,在博尔盖塞别墅发现女婴的消息竟然会席卷所有报纸版面,这个故事也许比他们想象的更能引起人们的共鸣。总之,事情按照二人生前的计划和死后的遗愿发展下去了。

　　露西娅和朱塞佩不想给人留下他们抛弃女儿的印象,他们要公开陈述自己的理由,将审判权交予未来。不知道他们是否设想过有朝一日我也会读到他们写下的话,不知道他们写下那些文字是否也是为了在我的生命中留下一点回响。

　　现在,我对他们有了更加深入的了解,可以带着感情来理解露西娅和朱塞佩的这一段公开遗嘱:

　　在博尔盖塞别墅被人发现的女婴名叫玛丽亚·格拉齐亚·格雷科,1965年10月15日出生于米兰(原文如此)。我将她遗弃在罗马,因为我的男友没有经济能力抚养她,而我的丈夫,也就是孩子的父亲,否认她是自己的孩子。于是我走投无路,别无选择,只好将我的女儿托付给世人的怜悯,而我和我的男友也将为我们的所作所为,为我们曾欺瞒的事实或曾犯下的过错,付出生命的代价。

露西娅·加兰特·格雷科

这段文字以"在博尔盖塞别墅被人发现的女婴"开头,围绕我本人展开简洁的叙述。第二次提到孩子时,执笔者露西娅用物主代词表现与我的关系,称我为"我的女儿"。

但这个物主代词是单数的,露西娅和朱塞佩无法一起写下"我们的"。他们希望我过上正常的生活,所以朱塞佩不得不亲手斩断与我相连的血脉,将父女关系让给另一个人,即使这个人正是打着法律的旗号对他和露西娅步步紧逼的加害者。然而,信里也用过去时写明,这个人已经"否认"了与我的关系。朱塞佩的抉择生动地刻画了一个决意赴死之人的心理活动:如果多余的措辞会破坏孩子生存的空间,那就去掉它;既然生命已经成为累赘,那就放弃它。生命啊,把你认为已经没有意义的东西带走,把属于我的东西留给我。

字句在啜泣,执笔之人的心绪在颤抖:就像被宇宙射线影响,卷入真空,时空失去意义,现实不复存在。唯有女儿是真实的,唯有提到女儿时,会用她的假名字搭配现在时态进行表述(这是他们心里希望的现实）。他们是通灵的媒介，是披上人类身份的神灵，是破译非物质的物质。他们离开了。回归神性。回归神明。神话和宗教就是这样诞生的，它们诞生于最基本的、无法弥补的缺失，诞生于同类的死亡。

相比起来，朱塞佩是更默默无闻的那个人。他隐姓埋名，静静站在她身后，两次出现都是"露西娅的男友"。

这封信不长，大部分篇幅都在解释露西娅和朱塞佩为何"抛弃"我，只有最后一句写他们自己，以一句严厉、淡然又坚定的话宣告了两条生命的终结："我和我的男友也将……付出生命的代价。"没有一点感伤，没有戏剧性的转折。他们像看陌生人一样审视自己，十分清楚事情发展到这个地步，自杀是必然的结局。回看自己的一生，露西娅和朱塞佩毫不留情地对自己进行道德批判。当然，那个年代的人不会像现在的人一样强调个体的重要性：无论多么渴望欢乐，他们都能清楚地意识到，自己只是庞大的社会机器中一颗微不足道的粒子。

自杀不仅是为了终止痛苦，也是执行露西娅和朱塞佩对自己的判决。他们站在旁观者的立场上对自己进行审判，为自己安排好"付出生命的代价"的结局。

露西娅和朱塞佩站在旁观者的立场上给自己判了死刑。他们就像法庭传唤的大众审判，专与犯错的人作对，又像两个口技表演者，以他人的口吻说出来自全社会的谴责。在这一点上，他们很坚定：我们将为"我们的所作所为，为我们曾欺瞒的事实或曾犯下的过错"付出代价。两种选择中的第二个是"曾犯下的过错"，这是原文落款前的最后一个词，而后信件戛然而止，没有句号。

"我们的所作所为"是什么呢？是一开始就被新闻舆论（除了《团结报》，这是唯一对他们的选择表示过尊重的媒体）定义为"通奸""罪恶""错误的爱情"的整个过程，还是特指抛弃我这件事，他们只为了这个便要付出（生命的）代价？我猜想是前者。在露西娅和朱塞佩被迫实施的环环相扣的计划中，抛弃我已经是倒数第二步，最后一步就是自杀。

露西娅和朱塞佩打算为相爱的骄傲付出代价。那时的社会习俗让他们进退维谷：如果两人相爱，他们就无法"抚养"自己的女儿；如果不相爱，他们便不会有孩子，也不存在弃婴一事。

不知道露西娅和朱塞佩是真的不理解"抚养"的含义，还是故意将细微的心理变化归结到孩子身上——准确地说，是"抚养孩子"。父母抚养孩子，就像擎天神阿特拉斯为世界支撑整个苍穹。新出生的孩子需要一切。孩子的存在会给成年人带来心理和经济上的双重压力，这也许令朱塞佩难以承受。遗嘱中其实有一处错误，我的出生日期被写成了一个尚未到来的日子：1965年10月15日。

这可能不是唯一一封提前写下的信，说不定朱塞佩已经写了无数份落款是未来日期的求职信。当然，也可以粗暴地理解为，在写下最后的遗言时，他宁愿我从未出生。我理解他。我是来自未来的一枚蛮横的弹片，在他一穷二白时爆炸。

所以付出了生命的代价。不过，事情最终还是留下了一些疑问，例如"所作所为"的含义是我们"猜测"出来的。他们没有主张自己行为的合法性，但也从未为自己的爱情开脱，只是将评判的权利留给了他人。请审判我们吧，我们已不再关心已经做过的事是否正当。唯一与未来有关的词句就是"付出代价"：露西娅和朱塞佩的未来只剩下需要他们付出的代价。

在这样的时刻，露西娅和朱塞佩终于可以自由地书写和表达。他们本有机会为自己的选择辩护，反驳那些不承认他们、批判他们、让他们饱受折磨以致先流亡后自杀的人。然而，这封信语气温和，专注事实，只有干干净净的解释和描述。他们用平实的语言表达事实。

即使在绝望到自杀的情况下，两位写作者也表现出令人钦佩的尊严。我错了。他们没有放弃自己的立场，只是以解离的方式保留自己的尊严。当他们选择解离的那一刻，就已经准备好放弃生命；当他们脱离白热化的悲剧叙事，审视自己的情感，像飞蛾望着自己的蚕蛹一般旁观自己躯壳承受的令人绝望的痛苦，死亡便成了终极逃离方式。

即便如此，写信人也没有将绝望归咎于自己，而是将"走投无路"归结为社会造成的后果。可以感觉到，如果把露西娅放在一个充满善意的社会环境中（可以想象，如果离婚是合法的，社会可以包容并接纳她离婚的选择），信里的"我"将愿意继续活下去。她才二十九岁，她拥有爱情，还有一个刚出生的女儿。如果不是走投无路，露西娅本应还活着，也许她的生命会一直延续到今天——2022年1月15日这个充满阳光的日子。

那么今天，我也不会在罗马郊区一个美丽的公园中，

在这页纸上写下她的死讯。

整封信都是朱塞佩亲笔所写，但他唯独没有在这封自杀声明上签名。

朱塞佩的字迹清晰、坚定、工整。字里行间表现出一切：这并不是一时冲动在酒吧桌前或矮墙上随手写下的一页纸。

6月23日晚上，露西娅和朱塞佩坐在厨房的餐桌旁。他们已准备好离开，我睡在他们身旁，桌上有些红色的东西（一个西红柿、一个苹果），以及一张白纸。朱塞佩拿起他的自来水笔：

"我们必须说出她是谁，人们是在哪里找到她的……"

"在博尔盖塞别墅被人发现的女婴……"朱塞佩把纸张垫在光滑的桌面上开始书写。墨迹平静地铺开，他不仅写清了内容，甚至费时雕琢字体，文字里透出优雅和飘逸。"我将她遗弃在罗马"，句号。

然后文字发生了变化，它不再是一份正式信函，只是盲目行进。文字堆叠在纸张的底部，都快写不下了。都快写不下了。露西娅追问：

"要写出为什么……他们得知道……"

不知是谁的声音补充道：

"我，我必须知道……"

是谁的眼睛在看着我。线索很快出现："路"和"女儿"两个词被某种液体涂上了水彩。写下"走投无路"之后，执笔者再也无法控制心绪，越写越小，越写越匆忙，直至结尾。这封信分为三部分。三种感官，三个片段。这里还出现了三个人。

"签名吧，露西娅……"

奇怪的是，桌子并没有像字迹一样分成两部分。事物就是如此冷漠。露西娅的签名挤在纸张边缘，像一根即将折断的藤蔓。与身份证上生涩的笔迹相比，纸上的"加兰特"写得更熟练轻快。以前的露西娅在拼写自己的姓氏加兰特（Galante）时，字母a和字母n之间的连接幼稚而迟疑，名字露西娅（Lucia）的首字母L处有两个自信但缓慢的小弯。现在，露西娅掌心冒汗、紧张又笃定地写下首字母G和L。她不再镇定。"格雷科"，她的夫姓，承袭自那个把她当囚犯看守的男人，竟是她生前写下的最后一个词。唉，要是能逃出他的掌控该多好！不过，露西娅，属于你的篇章还没有结束。我身体里流淌着你的血液，现在，你正用我的双手书写你的生命。

诚然，从第一个签名到最后一个签名，露西娅·加兰特付出了不少眼泪：很多人可以证明，她是一个开朗的女孩，也是一个常常哭泣的女人。她的确坚强了不少，可能是心变硬了，对自己也更狠了。她留下的不是一封感伤的信，而是一段果断的、实事求是的文字。露西娅和朱塞佩在信中解释了两件骇人听闻的事情（弃婴和自杀），没有任何修饰，没有任何指责，两个成年人对自己的行为承担了全部责任。

作为成年人，他们最终公开、明确地陈述了事实。他们被迫逃离和流亡，被迫像罪犯一样躲藏，在充斥着机遇的社会里甚至找不到工作，他们想大声说出真相。为了做到这一点，露西娅和朱塞佩精心选择了"读者"，希望他们以**同情之心**接受这些话，奠定我的未来的命运——我们看见，事实确实如此。露西娅和朱塞佩的信写给了一家报纸的读者，报纸的版头明确标注着"意大利共产党机关报"。

每一次舍弃都有其内在逻辑。我从时间深处找到两个闪耀着光芒的思想，仔细分析形成自己的逻辑：他们以新闻的方式传达自己的想法，并得到了报纸读者——左翼知识分子和跟他们一样的工人阶级——的支持。

露西娅和朱塞佩安排好身后事，当他们无法保护幸存的小女儿时，会有好人庇护她。一切都会很快结束，她会迅速摆脱孤独和痛苦。

路易吉那种人当然不会关心我的最新状况。露西娅和朱塞佩认为，《团结报》的读者更能理解他们的故事，我也有机会直接被一个重感情又**有学问的**家庭收养。一个阅读《团结报》的家庭便是这样。后来，事件的确沿着他们布置好的路径发展下去。

此外，《团结报》还是唯一一家针对此案刊登了两篇深度社会报道的报纸，两篇报道均署名D.N.。

6月29日刊登的报道名为《值得铭记的悲剧》，作者以激动的笔触肯定了露西娅和朱塞佩关于自杀的选择。他痛苦而愤怒地指出，由于"资产阶级道德观念死守着僵化且虚伪的规矩"，露西娅和朱塞佩的未来"可以预见，只能深陷在悲惨中，顶着不合法的身份生活"。

过了一天，报纸上又刊登了短评《拒绝远远不够》。经过反思，作者D.N.的心绪沉淀下来，第二天，他重新措辞，从道德（或者报纸名"团结"）的角度出发，借两具被抛弃的躯体给读者上了一堂简短的政治课。他批判自杀者，认为他们只是用自己的死亡向社会发出了"幻想中的挑战"，并没有真正日复一日地投身于集体斗争，努力改变这个"究其根本仍然原始的世界"。

露西娅逃离的29个春天

用水面上流淌的鲜血书写

露西娅和朱塞佩的选择是明智的:《团结报》作为党政机关报,愿意为两个普通人符合人性的动机发声。与此同时,其他报刊却致力于丑化事实,就算谈不上侮辱或令人厌恶,也可以说是缺乏尊重。例如1965年7月15日《今日画报》就刊登了一篇署名斯特凡诺·焦尔达尼的专版报道:《玛丽亚·格拉齐亚不知道,母亲为她而自杀》。

我直面最关键的问题:我的生命至少以亲生母亲的生命为代价,美丽的露西娅为我放弃了自己的生命。
解剖。
切割,提取,毛细血管反应物标本。反刍的食物,难以消化的物质。生命之根的矿藏。我们得让它发光。

小生命的到来让露西娅和朱塞佩的生活变得复杂,其中原因众多，无须多言。《艰难的生活》中，卢恰诺（由乌戈·托尼亚齐本色出演）得知爱人怀孕的消息时说："走到这一步了。"这句话暗含对"即将到来的困难"的思考。

自愿离开人世间（她是唯一确定死于自杀的人）大概是露西娅做过最深情、最慷慨的事情，她的行为模糊不清，却充满着爱与恩惠。抛下女儿主动离去，是因为希望她能过上比在父母身边更好的生活。

这样一想，关于弃婴的说法就被完全推翻，残忍的抛弃变成了爱的举动。对于米兰儿童保护与援助所和罗马儿童援助所的很多弃婴来讲，都是如此。这条思路清晰通顺，情感上也可以理解。

然而，为了让我在母亲认为最理想的家庭环境中长大，露西娅不仅剥夺了我与她彼此之间的爱，更放弃了她自己的生命。

露西娅的反应过度了。她没有必要抛弃孩子，也不用自杀，故事本不用以罪恶的鲜血来渲染。假设**我的母亲真是为了我自杀的**，那她离开时就知道自己无法承受推开女儿的痛苦和愧疚。她与世界的永别会像一件沉重的斗篷，永远挂在女儿肩上，而我必须想办法自我解脱。

我一直拒绝为她的过度牺牲承担责任。露西娅将我放在生活的中心，但除了对我——她的女儿——不可估量的爱之外，她当然还有别的感情，别的关系，别的义务。这是不公平的。

露西娅不止一次表明，她很清楚要如何离去。她只是将自己的想法变成了现实。事实证明，露西娅并不是一时兴起，她清醒地将河流作为祭坛，平静地准备自己的献祭，履行职责，完成谢幕。本节的标题令我感到烦躁，它可能部分概括了露西娅·加兰特的精神状态，但我试图通过客观分析赋予母亲的死亡更加复杂的意义，达到最大的平衡。

我推测的真相似乎比标题表达的真相更好，也更坏：母亲不是**为了我**而自杀（更好），但也的确**因为我**而自杀（更坏）。普遍的抛弃和拒绝抚养早已在社会上埋下炸弹，我的出生只是引爆了徘徊在危险边缘的雷管。

因此，露西娅自杀的根本原因不是我（她不是为了我而死），而是她无法继续背负生活的重担。我可以断定，我的存在不是她苦难的根源，是整个社会造成了她的死亡。

写到这里，请允许我擅自对遗书进行扩展和解读。短短几行文字明显表现出写作者的自我意识：她深知自己对孩子的重要性，所以当她决定从孩子的生命中抽离时，很可能赋予自己一个燃烧自我的形象，而被留下的孩子需要用一生（或生命中的很长一段时间）来调整这个抽象的形象在生命中的占比，像折纸一样把它折叠起来，将它变小。她与所有人一样，运用无益的、致命的、过时的手段,留给我一段话。斟酌语气。赞颂虚无。真是神奇啊。

　　露西娅站在台伯河的边缘,那是她选中的安息之地。她来自过去,却试图绑定我的未来;她尽力征服悲剧,却也带来了悲剧。

露西娅逃离的29个春天

最小的伤害

潘菲利研究所的副所长斯特凡诺·莫斯基尼教授在一次深度采访中向我们展示了一个奇迹的缩影。莫斯基尼教授是一位神经精神病学家，他认为："玛丽亚·格拉齐亚是一个非常可爱的孩子。她对每个人都微笑，从不哭闹，也没有因为环境突然改变而受到任何创伤。在她母亲来信揭示她的出生日期之前，我们就已经根据各种因素推断出她大概八个月大。但从心理学的角度来看，我认为她表现出一个十一个月至一岁宝宝的精神状态。她活泼、聪明，这意味着她在一个宁静的家庭环境中长大。玛丽亚的母亲完成了一件不可能做到的事，即使自己被逼到在台伯河自杀，也没有让悲剧扰乱孩子的生活，没有让孩子被母亲戏剧性的命运所影响。事实证明，她做到了，她创造了只有母亲才能创造的奇迹。露西娅临终前写的信里说，她和男友都无力抚养这个孩子，但小女孩直至被送走前都没有受到任何委屈，她身体健康，营养充足。从她经常要人抱这一点就可以看出，她是在爱里长大的孩子。她要人抱并不是在耍小孩子脾气，而是出于习惯。"

我又想起了那个不可思议的假设：我的父母自愿推迟了自杀的时间，一直等到我足够独立，但仍无法理解自己身上发生的事情时，才放心离去。这几乎不可能，但也许就是事实。当然，我的母亲还用行动教会我：无论发生了什么，都要相信这个世界，相信每一个人。这一堂课充满模范性和前瞻性，因为太深刻而成为我的天性。

爱的智慧

毫无疑问，露西娅**对我**的爱是与生俱来的。她的爱表现在没有把我带在身边，没有带我一起迈向死亡，没有带我去到**爱不曾至**的地方。她决定将我归还给生命，属于所有人的生命。从我诞生的那一刻，她就为我铺垫好被归还的命运。

在生命最后一段短暂的时间里，她忍受着将我置于危险之中、抛弃我的心碎。

这些年里，人们更加信任稚嫩的孩子，也更加信任生命的力量。生命奏出不同的乐章，沉重的低音中夹杂着欢笑般的小颤音。经历过战争的人深信，只要有生的信念，就能挨过几乎一切苦难。没有生命不受一点伤害。只要活着，就不存在完美无缺。

尽管这种智慧广为流传，露西娅和朱塞佩的遗愿却是通过能想到的最好的方式，将女儿送去他们可以想象到的最美丽的世界。最重要的是，这是一个可以凭借强大的精神力和思考完成的目标。用我们平常的话来概括他们的行为会更生动、清晰：这是"绝望的力量"，是"穷人的智慧"，是"协商的艺术"。

在这一切之上，闪耀着一盏明灯："爱的智慧"。它是但丁笔下的炼金术公式，一个农妇和一个泥瓦匠凭借对爱的理解，将一篇又一篇报道重叠起来，找到拯救我的方式，托举我逃离毁灭。

但丁找到了他要的名字，
凡人短暂一生中的不朽之爱。

投水前，露西娅用手势画了一个十字。这手势来自她的童年，与神圣的天地相联系。虽说与朱塞佩相处的两年里，她已经完全倾向于意大利共产党，但她的政治信仰无疑可以与这个手势共存。

之后，她便将自己交给了河水，没有剧烈挣扎。我尽可能地相信，事情就是这样发生的：她的自杀不是一时冲动从桥上跳下，而是慢慢融入水流，融入生命之前的生命，融入命运。

世人的怜悯

时至今日,没有比死亡更好的方式可以让生命的时钟停止。被时间裹挟是每个人的终极痛苦,除了抛却自己的躯体,与他人告别,跳出时间的框架之外,没有别的方法可以终止时间带来的痛苦。当然,其中也包括与自己的亲生女儿分离。将女儿留在时间长河中,离开时间,彻底缴械。

玛琳娜·茨维塔耶娃,拥有多重面孔的感性诗人,死于同样的原因。1941年8月31日,玛琳娜在鞑靼斯坦的叶拉布加镇自缢身亡。那时,她连一份洗碗的工作都找不到。之前,我用一段文字描述过她的自杀:

"茨维塔耶娃可以原谅并理解一切,但她无法原谅不能接受历史的自己,无法原谅自己发现历史与它该有的样子相去甚远。现实与正义之间的冲突造成了一位诗人的自杀,或者说,造成一位诗人允许自己被谋杀,比如帕索里尼。对于这些深沉的人来说,死亡并不重要,重要的是生活已经失去了原本的面目,它无可挽回地抛弃了我们;重要的是灵魂无法在屈从中歌颂,忍受精神漂泊无依。所以,最好永远在沉默中发出呐喊,死人便是在沉默中发出呐喊的人。[1]"

我们的确可以随意解读逝者的生命,加入我们想要的解释。他们无法拒绝新的解读,也不会给出明确的答案。

我的亡灵们在说话。零距离观察露西娅和朱塞佩,我可以感受到他们的呼吸,听见他们最后的笑声。事实上,他们没有完全屈服,也没有完全投降。成年人的尊严在于他们的现实感,他们承认自己的无知,接受自己作为个体和物种都无足轻重的事实,他们也明白应该何时停止,又该何时离开。

两个人不仅用行为说话,还写下了文字。五十七年前某个被失眠残忍折磨的夜晚,露西娅和朱塞佩发明了一条美丽的准则,他们希望我在生命的某个阶段读到这些文字,或早或迟地发现它。这个准则大概是露西娅从圣母怜悯弥撒书中得来的:"世人的怜悯"。

我将这个准则记在心里,像冠冕一样时刻戴在身上。它是我的护身符。

这句话将我的命运与父母自杀事件和世间流动的生命绑定在一

---

[1] 摘自玛丽亚·格拉齐亚·卡兰德罗内《自由的诗句:世界上的三十位女诗人》,2022,蒙达多里出版社,米兰。——作者注

起，为我指明前路：微笑着接受命运，将小手伸向所有人，将自己托付给全人类。就像当我们遇见一块杂草丛生的土地时，也可以试着放手让它自由生长，相信它转眼就会变成一片风景，人们将能看见云朵在核桃树枝头巡游。

这就是我的宿命，我承载着露西娅和朱塞佩在绝境中的希望，我每天都能遇见不求回报的善意，有时我甚至觉得自己不配得到它们。希望需要极大的勇气。故事中说，露西娅和朱塞佩是抱着希望死去的，就算不是对他们自己的希望，至少也是对我的希望。死亡是孤独的，但他们携手走向希望，战胜了不可战胜的孤寂。

假设一，朝圣

事实的光芒是可回溯的。站在最新的分析进展上回看，露西娅两次独自旅行的目的更加清楚：那时的露西娅和朱塞佩同住在米兰，炽热的六月，他们应该已经决定了自己的命运。由于两次旅行的先后顺序仍未确定，根据不同的顺序可以推出两种假设。

第一种假设，露西娅和朱塞佩想把我交给信任的人。露西娅首先询问了自己的母亲，是否可以把我留在她那里一段时间（当然，她没有透露自己的最终打算），但母亲希望露西娅留在家里，并要求她回到丈夫身边。尽管出走了十个月，故乡的情况没有一丝改变。于是露西娅告诉朱塞佩：

"如果我不留下，妈妈不会同意抚养她。我们走吧。"

她按照计划乘夜离开，保全自己的尊严。

如果露西娅的确是为了我才回家，就可以证明她的家人放弃了我的抚养权。所有拥有合法抚养权的母系亲属，包括露西娅的父母路易吉和阿米莉亚，都不愿意接受我，后续我才能被顺利收养。

　　无法将女儿托付给任何人，就只能将她交予慷慨的世人之手。露西娅和朱塞佩在最后一封信里写下他们认可的准则（"世人的怜悯"），这表明他们十分清楚在遗书里将我托付给名义上的父亲路易吉·格雷科也没用。尽管如此，法律还是让他们感到焦虑，所以他们在信里固执地写下了关于我生父的谎言。即便已澄清我是无人抚养的孩子，我仍然面临与露西娅的丈夫和公婆一起长大的风险。
　　然而我法律意义上的父亲（尽管用词有点令人无法接受，但可以理解）并没有来认领我。我因此被明确认定为可被收养的孩子，与此同时，他也获得了"怪物"的绰号。村子里再也没人从他家门口经过。

　　尽管亲身经历并不愉快，露西娅和朱塞佩仍坚信人类的团结。事实上，在短短的三天时间里，相关机构就收到了高达五十份领养申请，不仅数量庞大，甚至还有来自德国、奥地利、美国等国外的申请书。露西娅、朱塞佩和玛丽亚·格拉齐亚的故事感动了所有人。

　　7月1日，我被委托给另一个社会服务机构——官方儿童援助所，我第二次被正式录入省儿童援助所的官方系统，编号为65076乙，其中"乙"表明我不再是无名的孩子。这个编号与之前的编号相差四十八个数字，表示罗马登记在册的有名有姓的儿童比当时米兰登记的匿名儿童少了四十八个。然而，我还是和大约四百五十个小伙伴一样，遮在代号的面纱之后。我们都知道，流落首都的孩子数不胜数。

儿童援助所成立于1894年，七十一年间共收容了65 124 + 65 076 − 1 = 130 199名儿童，减去1是因为我登记了两次。在罗马，每年有一千八百多名婴儿被遗弃，比米兰多五百名。

由于没有血亲或自称血亲的人将我领走，7月8日，我的监护法官路易吉·雷巴尔迪宣布一项立即生效的紧急措施，将我暂时托付给一个法律认为适合我成长的家庭，即孔索拉齐奥内·尼卡斯特罗和贾科莫·卡兰德罗内夫妇。

贾科莫的签名稳重、清晰，像清澈的水一样平衡，而孔索拉齐奥内的签名则凌乱潦草，显得轻率而焦虑，只有非常了解她、爱她的人才能看懂。从孔索拉齐奥内的笔迹可以看出，在终于抱起我之前，她努力克服了一堆难以忍受的、毫无缘由的麻烦事，完成了所有手续。这就是贾科莫和孔索拉齐奥内，一人条理分明，一人乱七八糟。他们是两个伟大的人。

事情沿着露西娅和朱塞佩的愿望发展。

祝愿我的同伴们也能找到这么好的父母，一个接一个地遇见属于自己的好运和补偿。

假设二，告别

第二种假设更为简单：告别。这就是1965年6月露西娅短暂地踏上朝圣之路的原因。

露西娅只是想告别自己的初恋，告别灾难降临之前那段令人怀念的生活，它就像一个美好的梦境，时时环绕在她的身边。她的脑海中一直有一个声音，讲述年轻女孩因为金钱被牺牲的故事。在着手实施自己告别世界的计划之前，露西娅就想让托尼诺听听自己的声音，对故事的主人公说：

"托尼诺，看看生活对我做了什么。"

就让她最后一次从他的双眼中看到自己的模样，最后一次被那双美丽的、有劳动痕迹的大手握住。六十年来，每逢2月16日，托尼诺就会在家里那个镶着海贝的小祭坛上点燃一支小小的红烛。构筑祭坛的水泥来自利索内，其种混杂着各式各样的贝类。在那里，蓝色的浪永不停歇地拍打着海岸，来来往往的船灯和闪闪发亮的鱼鳞照亮了露西娅出生的地方，每到冬天，海水就拽着一摊海底蕨类和浮木送上岸。

祭坛就在这里，它是海洋的残余，也是照亮她生命的白炽光。我站在祭坛面前，它浓缩了露西娅和托尼诺的生命，静静地站在小花园的一角。露西娅最终也没有到达这里，但我和安娜替她见到了它。人的一生被归纳为凝结的海、一张有机石桌上凝固的红蜡。光栅的缝隙间，来自北方夕阳的影子慢慢拉长。

露西娅就这样一步又一步消失在夕阳里，一天又一天思考放弃生命和她那不完美又折磨人的原则，向她一无所知的母亲告别。在晨曦中不辞而别只是因为无法忍受分离、坚持和泪水。她保全了自己绝对的尊严。

她的生命已几近透明，只在我身上残留下一点痕迹。她放弃了自己的生命。
珍珠。模型。子宫。过剩。

荣耀的弥撒

不知道人们最后怎么处理了那具疑似朱塞佩的溺水者的尸体。我们不知道朱塞佩的遗体在哪里,也不知道他的死亡地点和死亡方式。

与此同时,露西娅自杀的事情在帕拉塔不胫而走。村里那帮孩子截获了这一消息,他们意识到某些无可挽回的事情发生了。他们用小孩子最简单、最残酷的方式向路易吉发难:

"这是谋杀!是你杀了她!"

"她是因为你才逃走的!"

"她离开是因为你根本就不是正常人!"

路易吉抓起石头追在孩子们后面打。从那时起,所有人都在心里将路易吉看作一个怪物。

怪物,妖魔鬼怪。"一百里拉"吉诺一直梦想着去美国,却从未离开家乡。这件事之后,他更是过着隐居的生活,连亲人也不来探望他。家里没通电,他就天黑睡觉,天亮起床,然后去乡间的树下接着睡,他更孤独了。生活让他心死,陷入永远浑浑噩噩的状态。

1965年7月27日,罗马儿童援助所所长为"6月25日或26日"去世的"母亲"露西娅·加兰特举行了一场圣弥撒。这是唯一一次纪念她的弥撒。除此之外,他们将永远用语言纪念她,向她献祭语言的永生花。

现在,她死后的灵魂就坐在这里,坐在洗衣机门弹开的弹簧声中。她会喜欢这个声音的。我也坐在这里,因为她喜欢我这样。露西娅喜欢机械构造,喜欢研究事物的内部结构。

我从2022年1月1日开始写这本书,1月22日写到第123页[1]。那晚我从一场大梦中醒来,这梦甚至有个标题:克雷森扎戈下雨的星期日。一场大雨倾盆而下,把大道变成了河流,我驾驶越野车在路上飞驰。但我并不害怕,因为我现在可以把车开进河里了。从高处俯瞰梦境,一切都很美,仿佛一个刚刚重生的世界。我来接你了,露西娅。我必须到达这里。或者说,返回这里。写到原稿第123页,我终于可以抚摩母亲的脸庞,触及她明朗但通透的身体。我摒弃了"只有文化才能让我们理解事物,认识外部和内心世界"的偏见。露西娅只读到小学二年级,但她是自由的,因为她有心。她有一颗依然闪耀的心,只是它永远不能被修复完整了。

---

[1] 意大利语原版书籍中,第123页为"1964年10月24日,打破平静的幻想"一节的最后五段。

带我回家[1]

马车自坡道底部缓缓升起。七月的第一个午夜,露西娅的遗体从罗马运回到乡村。她再一次穿过山丘的阴影,掠过周围的村庄,沿着省道前行,最终抵达家门口。然而,一半村民聚集在村外大路尽头的十字路口,他们不让她进去,死也不让。就连教区牧师也来到村口,他把露西娅·加兰特短暂的生命转交给一位仁慈的神父,却没有为装着遗体的棺椁打开教堂的大门。自从听到露西娅自杀的消息后,帕拉塔的村民们就一直在谈论这件事。所有人都在等。今晚,就连村里最小的孩子也醒了,他们钻进父母两腿之间,听父母喃喃自语:

"这就是那个投水的女孩……"

很多成年人只是扮演好自己的角色,做出悲伤的表情,但也有人是真心来这里度过一晚,向这片土地的女儿告别。大一点的孩子

---

[1] 最后一节的标题"带我回家"灵感来自歌手Aurora的歌曲 *Run away*。——作者注

被大人们不安的情绪感染,来回奔跑:

"她来了,她来了!"

马车在众人聚集的十字路口停下。在棺木上洒好圣水,确认露西娅孤零零地躺在棺椁里,合上棺盖。她独自沿着上学的路,走进没有月亮的夜色。临走前,露西娅教会了我说"妈妈"。今夜,他们把她留在墓地的小房间里,等待下葬的时刻。

第二天,人们把露西娅静静地安置在她的土地上,他们双目低垂,因羞愧而感到愤怒。不举行弥撒,不举行葬礼。为了选择属于自己的活法,露西娅不惜一切代价,最终放弃了生命的馈赠。这是她可以自行选择的最后的自由。

四十七年后,人们把她从这片土地上移走,安置在一个普通的公墓的纳骨处。因为她安眠的地方要修路,人们不希望她被打扰。那是五月的一个星期六,阳光温柔地抚摩着小小的你。愿音乐与你同在,我的女儿。

致　谢

我从2022年1月1日开始写作这本书，2月12日完稿。前后共用了四十四天的时间。

3月4日，我完成了第一次修订，增补2月12日之后发生的事件和一些新发现。

首先，我要感谢我的女儿安娜，是她陪我前往莫利塞，徒步穿越罗马，最后到达米兰、利索内和克雷森扎戈，在调查和写作最艰难的时刻，她用直觉赠予我最宝贵的见解，为我提供背景音乐。感谢我的儿子阿尔图罗，他经常从自己的历史研究中抽身，陪伴我积极研究照片和文字档案，见证我的每一个新发现、新证词和新证据。

感谢慷慨的科斯坦扎·里扎卡萨·多尔索尼亚，她让我的故事得到了洗礼。感谢塞雷娜·博尔托内和《今天又是新的一天》的编辑，也就是乔瓦娜·博纳尔迪和亚历山德拉·迪彼得罗，她们最大限度地接纳我、理解我，分享我的感受。2021年2月16日，她们从电视上看见我，是她们在网上给我写信，充满爱意地回忆与露西娅的故事，才有了这本书的诞生。

感谢我的表姐劳拉·萨普拉科内，她耐心地为我反复讲述"露西娅姨妈"的冒险经历。

感谢帕拉塔的档案保管员玛丽亚·特雷莎·维图利，她不仅为我提供了露西娅的成绩单，还为她的故事深深感动，送给我一个难忘的祝福："我希望你能和你的母亲生活在一起，享受一个从分离那天直至今日这么久的拥抱。"

感谢玛丽亚·迪莱娜邀请我回到家乡，与记者埃莱娜·贝尔基奇共同举行了一次打动人心的演讲。

感谢安东内拉·德安杰利斯，她为我找到了照片原件，还给我写了一封感人的信（书中也引用了这封信）。感谢罗塞塔·萨基和加布里埃拉·迪维托，她们发自内心地对露西娅·加兰特的故事充满热情，并运用聪明才智探寻故事的曲折发展。

感谢加布里埃拉·卡韦多对照片的研究，感谢罗萨纳·博蒂内利关于伦巴第国内移民的证词。

关于书中的一些历史和地形信息，我采用了帕拉塔市政警卫毛里齐奥·马尔凯蒂的回忆。

感谢我的朋友、律师、诗人尼古拉·布尔特里尼提供宝贵的技术指导，感谢我的朋友、法医学家、作家吉诺·萨拉迪尼提供解剖病理学证词，感谢导演弗朗切斯科·坎尼托提供关于克雷森扎戈

致　谢

的消息。

感谢索尼娅·贝尔加马斯科、玛丽亚·杜贝塞、帕特里夏·彼得莱、费德丽卡·德保利斯和弗朗哥·布福尼知无不言。

最后，我要永远感谢我的两位母亲：感谢孔索拉齐奥内，是她教会我讲述这个故事的话语，为我提供书写这个故事的家园；感谢露西娅，没有她的期望、捍卫和想象，我不会过上今天的生活。

玛丽亚·格拉齐亚·卡兰德罗内

图书在版编目（CIP）数据

露西娅逃离的29个春天 / （意）玛丽亚·格拉齐亚·卡兰德罗内著；刘凯琳译. -- 南京：江苏凤凰文艺出版社，2025.8. -- ISBN 978-7-5594-9750-5
Ⅰ. I546.55
中国国家版本馆CIP数据核字第2025EN6769号

Dove non mi hai portata by Maria Grazia Calandrone
Copyright © 2022 Giulio Einaudi editore s.p.a., Torino
Simplified Chinese translation copyright © 2025 by Dook Media Group Ltd.
All rights reserved.

中文版权 © 2025 读客文化股份有限公司
经授权，读客文化股份有限公司拥有本书的中文（简体）版权
图字：10-2025-158号

露西娅逃离的29个春天

[意]玛丽亚·格拉齐亚·卡兰德罗内 著　刘凯琳 译

责任编辑	丁小卉　　白　涵
特约编辑	张靖雯
封面设计	梁剑清
责任印制	杨　丹
出版发行	江苏凤凰文艺出版社
	南京市中央路165号，邮编：210009
网　　址	http://www.jswenyi.com
印　　刷	三河市龙大印装有限公司
开　　本	880毫米×1230毫米 1/32
印　　张	8.375
字　　数	178千字
版　　次	2025年8月第1版
印　　次	2025年8月第1次印刷
标准书号	ISBN 978-7-5594-9750-5
定　　价	59.90元

江苏凤凰文艺版图书凡印刷、装订错误，可向出版社调换，联系电话：010-87681002。